Wolfgang Hohlbein

Die Herren der Tiefe

UEBERREUTER

Die Deutsche Bibliothek – CIP-Einheitsaufnahme

Hohlbein, Wolfgang:
Die Herren der Tiefe / Wolfgang Hohlbein. – Wien : Ueberreuter, 2001
(Reihe: Operation Nautilus)
ISBN 3-8000-2819-0

J 2499/1
Alle Urheberrechte, insbesondere das Recht der Vervielfältigung,
Verbreitung und öffentlichen Wiedergabe in jeder Form,
einschließlich einer Verwertung in elektronischen Medien,
der reprografischen Vervielfältigung, einer digitalen Verbreitung
und der Aufnahme in Datenbanken, ausdrücklich vorbehalten.
Umschlagbild © Vicente Segrells
Umschlaggestaltung von Zembsch' Werkstatt, München
Copyright © 1994, 2001 by Verlag Carl Ueberreuter, Wien
Druck: Ueberreuter Print
1 3 5 7 6 4 2

Ueberreuter im Internet: www.ueberreuter.de
Wolfgang Hohlbein bei Ueberreuter im Internet: www.hohlbein.com

Dieser Band erschien in veränderter Ausstattung bereits 1994
im Verlag Carl Ueberreuter

Der Anblick war seit einer Woche immer der gleiche, und trotzdem ähnelte kein Augenblick dem anderen. Der Himmel war ein silberner Spiegel, zerbrochen in Millionen und Abermillionen winziger sichelförmiger Splitter, die in ununterbrochener Bewegung waren, jeder für sich und doch alle gemeinsam einem großen, nicht ganz klar erkennbaren Rhythmus folgend.

Mike war in den letzten Tagen oft hierher gekommen und manchmal stand er lange an dem fast mannsgroßen Bullauge und sah in den wogenden Himmel hinauf. Der Anblick erschreckte und faszinierte ihn zugleich. Das Bild war von großer Schönheit, aber zugleich spürte man auch die unvorstellbare zerstörerische Kraft, die hinter diesem vermeintlich sanften Gleiten und Wogen stand; eine Kraft, die alles Vorstellbare überstieg und ihn sich jedes Mal aufs Neue klein und verwundbar fühlen ließ.

Das Geräusch von Schritten auf der metallenen Treppe, die in den Turm der NAUTILUS hinaufführte, riss ihn aus seinen Gedanken. Mike drehe sich herum und erkannte Trautman, der gebückt und mit schleppenden Schritten die Treppe heraufkam. Seine rechte Hand lag dabei fest auf dem Geländer und seine Schultern waren weit nach vorne gebeugt. Er sah sehr alt aus. Nein, korrigierte sich Mike in Gedanken – er sah so alt aus, wie er war. Sie waren jetzt so lange mit Trautman zusammen und sie hatten so sehr gelernt, sich auf seine Umsicht und Stärke zu verlassen, dass er manchmal einfach vergaß, dass Trautman sein Großvater sein könnte.

»Hallo, Mike.« Das Lächeln, das auf Trautmans Gesicht erschien, als er Mike ansah, war freundlich und voller Wärme. Mike erwiderte es und dann fiel ihm siedend heiß ein, warum Trautman gekommen war. Mike war schon ziemlich lange hier oben. Seine Wache unten im Kontrollraum hatte wahrscheinlich schon längst begonnen. »Ich sollte schon im Kontrollraum sein«, sagte er in schuldbewusstem Ton.

Trautman winkte ab. »Das macht nichts«, sagte er. »Deine Wache fällt heute aus. Ich übernehme das Ruder selbst.« Er schwieg einen Augenblick, dann fuhr er mit leiser Stimme fort: »Wir müssen auftauchen. Unsere Sauerstoffvorräte gehen zur Neige.«

»Aber der Sturm –«

»– hat vor einer Woche begonnen und nicht mehr aufgehört und wird es vermutlich auch so schnell nicht«, unterbrach ihn Trautman. »Jedenfalls hat es keinen Sinn, darauf zu warten. Aber es könnte ziemlich ungemütlich werden. Ich möchte dich bitten, nach Serena zu sehen, solange wir noch nicht aufgetaucht sind.«

»Jetzt gleich?«, fragte Mike.

»Es gibt keinen Grund, zu warten«, antwortete Trautman. »Im Gegenteil. Es sieht so aus, als ob der Sturm gerade ein bisschen abflauen würde.«

Mike blickte zur Wasseroberfläche hoch. Das unablässige Hin und Her der silbernen Lichtsplitter hatte sich nicht verändert. Der

Sturm tobte seit nunmehr acht Tagen mit ungebrochener Kraft. Sie hatten den größten Teil dieser Zeit unter Wasser zugebracht um ihm zu entgehen, aber ein paar Mal hatten sie eben doch auftauchen müssen, und Mike wusste nur zu gut, welche Gewalten dort oben herrschten. Er wusste aber nicht, warum. Dies war kein natürlicher Sturm. Nicht nur, dass er die ganze Zeit mit ungebrochener Kraft gewütet hatte – er *folgte* ihnen. Die NAUTILUS war während der letzten Tage mit Höchstgeschwindigkeit gefahren, und das war um einiges schneller, als jedes andere Schiff auf der Welt sich fortzubewegen imstande war, aber der Sturm war nicht hinter ihnen zurückgeblieben.

An diesem Punkt seiner Überlegungen angelangt, zog Mike es vor, den Gedanken nicht weiter zu verfolgen. Er gab sich einen Ruck.

»In Ordnung. Ich gehe gleich zu ihr.«

Trautman und er verließen hintereinander den Turm und gingen die Treppe hinab, die tiefer in den stählernen Leib der NAUTILUS hinunterführte. Der alte Steuermann und Singh, der sich als erstaunlich geschickter Mechaniker herausgestellt hatte, hatten die Tage, die der Sturm sie unter die Wasseroberfläche getrieben und zur Untätigkeit verdammt hatte, dazu genutzt, das Schiff gründlich durchzuchecken und auf Vordermann zu bringen. Und sie hatten dabei wahre Wunder vollbracht. Wie ein großes, mächtiges Tier, das allmählich aus dem Winterschlaf erwachte und die Kontrolle über seinen Körper langsam zurückgewann, gewannen die geheimnisvollen Maschinen und Geräte der NAUTILUS immer mehr an neuem Leben.

Mike lächelte, als ihm klar wurde, wie passend dieser Vergleich war. Die NAUTILUS trug nicht nur den Namen eines Meeresbewohners, mit ein bisschen Fantasie betrachtet, ähnelte sie ihm auch. Und nicht nur das: Das Schiff war tatsächlich vor noch nicht allzu langer Zeit aus einem Schlaf erwacht, der länger als ein Jahrzehnt gedauert hatte. Und wie immer, wenn Mike daran zurückdachte, überkam ihn eine Mischung aus Staunen und Ehrfurcht, das gleiche Gefühl, das er auch gehabt hatte, als er die NAUTILUS zum ersten Mal sah, und das er nie mehr verloren hatte.

Es war noch nicht lange her, da war Mike ein ganz normaler Schüler eines ganz normalen Internats in London gewesen. Aber dann, an jenem schicksalhaften Tag kurz vor dem Weihnachtsfest des Jahres 1913, hatte er erfahren, dass er nicht der war, für den er sich bis zu jenem Tag gehalten hatte. Er hatte erfahren, dass sein Vater ihn unter einem falschen Namen und mit einer geschickt gefälschten Lebensgeschichte in jenem Internat in England untergebracht hatte, um seinem Sohn das Schicksal zu ersparen, das sein eigenes Leben bestimmt hatte: das Schicksal des Gejagten, des ewig Gehetzten, der immer auf der Flucht war und nirgendwo auf der Welt wirklich Ruhe zu finden vermochte. Denn Mikes Vater, den er selbst bis zu diesem Zeitpunkt für einen wohlhabenden indischen Fürsten gehalten hatte, der zusammen mit seiner englischen Frau kurz nach Mikes Geburt ums Leben gekommen war, war in Wahrheit niemand anders als der legendäre Kapitän Nemo gewesen.

Aber das Schicksal lässt sich nicht betrügen. Mike hatte nicht nur das Vermögen und den Titel seines Vaters geerbt, sondern anscheinend auch den Fluch, der auf dessen Leben gelastet hatte. Nach einer Reihe ungewöhnlicher und gefährlicher Abenteuer hatte es ihn und seine Freunde schließlich auf eine winzige Insel verschlagen, auf der sie das Wrack der NAUTILUS fanden, das vom letzten noch lebenden Freund seines Vaters – Trautman nämlich – bewacht und beschützt wurde. Und seither befanden sie sich ununterbrochen auf der Flucht. Sie hatten nicht nur Abenteuer erlebt, die er sich vor ein paar Monaten nicht einmal hätte vorstellen können, er hatte auch einen guten Freund verloren, und diese Erinnerung tat weh. Er schob die Gedanken beiseite, denn nun hatte er Serenas Kabine – die vor ein paar Tagen noch seine eigene gewesen war – erreicht.

Er klopfte an, wartete aber nicht, ob jemand antwortete, sondern trat sofort ein. Das war keine Unhöflichkeit; der einzige Bewohner, den die Kabine im Moment mit Ausnahme des schlafenden Mädchens hatte, konnte ihm nicht antworten. Wenigstens nicht laut.

Mike näherte sich dem Mädchen auf dem Bett sehr leise, obwohl er genau wusste, dass selbst der größte Lärm Serena nicht geweckt hätte. Aber es war mit diesem Mädchen ein bisschen so wie mit dem Schiff: Jedes Mal, wenn er sie sah, überkam ihn eine Art ... Ehrfurcht. Ein merkwürdiges Gefühl, ein Mädchen anzusehen, das weit über zehntausend Jahre zählte und außerdem eine leibhaftige Prinzessin war.

Na und? Du bist ein leibhaftiger Prinz. Wo ist der Unterschied? Die paar Jährchen!

Mike fuhr zusammen. Obwohl Astaroth genauso lange wie Serena an Bord war, erschrak Mike noch immer, wenn er unvermittelt dessen Stimme hörte. Es war wirklich nicht jedermanns Sache, eine Stimme direkt in seinem Kopf zu vernehmen. Noch viel weniger, wenn man bedachte, wem diese Stimme gehörte ...

»Das ist ein Unterschied«, sagte er laut. »Ich bin nur auf dem Papier ein Prinz. Wenn überhaupt noch, dann gehört mir ein winziges Stück von Indien. Nicht ganz Atlantis.«

Aber dein Königreich ist wenigstens nicht mit Mann und Maus im Meer versunken. Astaroth hab den Kopf, blickte Mike einen Moment lang aus seinem einzig sehenden Auge an und gähnte dann ungeniert und sehr ausgiebig. Der schwarze Kater hatte sich neben Serena auf dem Kopfkissen zusammengerollt. Sein buschiger Schwanz lag wie eine Stola um Serenas Hals und bildete so einen deutlichen Kontrast zur Blässe ihrer Haut. Serenas Gesicht war so bleich, dass es sich kaum von dem Kissen abhob, auf dem es lag. Es war die Blässe eines Menschen, der noch niemals die Sonne gesehen hatte.

Mike ging langsam weiter, setzte sich auf die Bettkante und griff nach Serenas Hand. Astaroths Blick folgte der Bewegung, aber er erhob keine Einwände. Mike war der Einzige an Bord, der Serena berühren durfte, ohne dass der Kater ihn anfauchte oder gleich mit den Krallen nach ihm schlug.

»Wir tauchen bald auf«, sagte Mike. Er ergriff Serenas Hand fester. Ihre Haut fühlte sich so kalt und glatt wie weißes Porzellan an, und Mike überlief ein Schaudern. »Wir müssen die Sauerstofftanks auffüllen.«

Ich weiß, antwortete Astaroth auf seine lautlose Art.

Mike blickte den Kater vorwurfsvoll an.

»Du hast schon wieder meine Gedanken gelesen«, sagte er. »Ich hatte dich gebeten, das nicht mehr zu tun.«

Habe ich nicht, behauptete Astaroth.

»Lüg nicht auch noch!«, sagte Mike scharf.

Ich lüge nicht, erwiderte Astaroth beleidigt. *Menschen lügen. Katzen niemals.*

»Ja, das Problem ist nur, dass du keine Katze bist!«, erwiderte Mike. Astaroth hielt seinem Blick noch eine Sekunde lang stand, dann rollte er sich wieder auf dem Kissen zusammen und begann wohlig zu schnurren. Abgesehen von seiner Größe hätte man ihn so wirklich für ein harmloses kleines Kätzchen halten können, an dem absolut nichts Ungewöhnliches war. Aber das stimmt nicht. Er sah zwar aus wie eine Katze, aber er war mehr als das.

»Du liest also doch meine Gedanken!«, wiederholte Mike laut.

Nur jetzt, behauptete Astaroth. *Vorher nicht.*

»Ach? Und woher hast du dann gewusst, dass wir auftauchen, noch bevor ich es dir gesagt habe?«

Von Trautman, antwortete Astaroth ungerührt. *Ich habe seine Gedanken gelesen.*

Mike gab auf. Es hatte sehr wenig Sinn, mit einer Katze zu diskutieren. Das war schon bei einer ganz normalen Katze ein fast aussichtsloses Unterfangen. Bei Astaroth bedeutete es reine Zeitverschwendung. Er wandte sich Serena zu.

Das Mädchen lag völlig reglos da, so wie es die ganze Zeit über dagelegen hatte – die Woche, die vergangen war, seit sie sie an Bord der NAUTILUS gebracht hatten, und auch die ungezählten Jahrhunderte zuvor, die sie schlafend in ihrer Kuppel auf dem Meeresgrund verbracht hatte. Er dachte wieder daran zurück, wie sie Serena in einem gläsernen Sarg schlafend gefunden hatten, und er fragte sich, ob es wirklich Zufall war, dass ihn das Bild so an das Märchen von Dornröschen erinnerte.

Vielleicht ist es genau anders herum, sagte Astaroth. *Man sagt doch, dass jede Legende einen wahren Kern hat, oder? Denk mal darüber nach.* Dann fügte er hinzu: *Entschuldige.*

Mike sah den Kater zwar böse an, aber er war nicht wirklich verärgert. Es dauerte eben eine Weile, bis man sich an die Tatsache gewöhnt hatte, in der Gesellschaft eines Wesens zu sein, das jeden Gedanken so deutlich vernahm wie ein laut ausgesprochenes Wort. Mike lächelte dem Kater zu und legte Serenas Hand behutsam auf das Bett zurück. Sie reagierte auch darauf nicht, nur die Augen hinter den geschlossenen Lidern bewegten sich leicht, wie bei einem Menschen, der einen besonders intensiven Traum hat. Mike fragte sich, ob Serena träumte? Und wenn ja, was?

Das tut sie, sagte Astaroth. *Oder was glaubst du sonst, woher der Sturm kommt, vor dem ihr seit einer Woche davonzurennen versucht?*

Das war die Antwort auf eine andere Frage, die sich Mike insgeheim auch schon gestellt hatte, und diese Antwort führte zu einem schrecklichen Gedanken: »Willst du damit sagen, dass sie die ganze Zeit über geträumt hat?«, fragte er verstört. »Die ganzen Jahre?«

Darauf antwortete der Kater nicht. Aber sein Schweigen war Antwort genug, und das tiefe Entsetzen, das von Mike Besitz ergriffen hatte, wurde noch stärker.

Er war erleichtert, als in diesem Moment an der Tür geklopft wurde und Singh, der hünenhafte Sikh-Krieger, die Kabine betrat – übrigens ganz wie Mike zuvor, ohne eine Antwort auf sein Klopfen abzuwarten.

»Herr.« Singh machte eine tiefe Verbeugung. »Trautman bittet Euch, zu ihm in den Salon zu kommen.« Er warf einen nervösen Blick auf das Bett, und Mike war nicht ganz sicher, wem er galt: dem Mädchen oder seinem einäugigen schwarzen Beschützer. »Ich bleibe so lange hier und vertrete euch.«

Das ist nicht nötig, sagte Astaroths Stimme in Mikes Gedanken. *Ich passe auf sie auf. Sie wird nicht aufwachen.*

Mike stand auf. »Ich komme«, sagte er. »Und vergiss bitte den *Herrn*.« Den letzten Satz hatte er rein automatisch hinzugefügt. Seit der Sikh in sein Leben getreten war und sich als sein Leibwächter, Beschützer und Diener vorgestellt hatte, versuchte Mike ihm sein unterwürfiges Benehmen abzugewöhnen; ebenso beharrlich, wie Ghunda Singh all diese Versuche ignorierte.

»Wie Ihr wünscht, Herr«, antwortete Singh mit einer abermaligen Verbeugung. Mike verdrehte die Augen, sparte sich aber jedes weitere Wort, was dieses Thema anging. Stattdessen sagte er: »Du brauchst nicht hier zu bleiben. Astaroth passt schon auf sie auf.«

Singh sagte nichts, aber Mike sah ihm seine Erleichterung deutlich an. Wie allen an Bord – Mike und vielleicht Trautman ausgenommen – waren sowohl der Kater als auch das Mädchen Singh ein wenig unheimlich. Wortlos wartete er, bis Mike die Kabine verlassen hatte, und folgte ihm dann.

Sie gingen die Treppe wieder ein kurzes Stück hinauf und

wandten sich dann nach rechts, um in den Salon zu gelangen – ein Wort, hinter dem sich weit mehr verbarg als nur ein gemütlicher Aufenthaltsraum. Das war er auch, aber in ihm befanden sich auch das Steuer und die beiden Pulte mit den kompliziert anmutenden Kontrollinstrumenten der NAUTILUS – eine Unzahl von Schaltern, Hebeln, Skalen, Zeigern und allerlei anderen technischen Gerätschaften, bei deren bloßem Anblick einem schon schwindlig werden konnte. Unter Trautmans Anleitung hatten Mike und die anderen in den letzten Wochen gelernt, einige dieser Geräte zu bedienen, aber das bedeutete nicht, dass sie ihm deshalb weniger unheimlich gewesen wären.

Der Rest des Raumes wurde von einer Anzahl kleiner Tische und Sessel, behaglicher Sofas und Pulte beherrscht, die den Raum tatsächlich zu einem Salon machten, in dem man sich sofort wohl fühlte. Und schließlich war da das gewaltige, runde Fenster, das fast eine ganze Seite des Raumes einnahm. Jetzt war es durch einen schweren Samtvorhang verschlossen, aber wenn er aufgezogen war, bot sich dem Betrachter ein wahrhaft fantastischer Anblick. Durch das Fenster konnte man direkt ins Meer hinaussehen, in die Tiefen einer Welt, die vor ihnen vielleicht noch keines Menschen Auge erblickt hatte. Mike stand manchmal stundenlang hier und betrachtete das fremde, von vielfältigen Lebewesen bevölkerte Universum jenseits des zollstarken Glases.

Heute jedoch schenkte er dem Fenster nicht einmal einen flüchtigen Blick. Trautman und die anderen standen hinter den Instrumentenpulten. Auf Trautmans Gesicht lag ein besorgter Ausdruck.

»Was ist los?«, fragte Mike. »Sind wir schon aufgetaucht?«

»Nein«, antwortete Trautman, ohne von seinen Instrumenten aufzublicken. »Und ich fürchte, das werden wir so schnell auch nicht.«

Mike durchquerte den Salon mit raschen Schritten und trat neben ihn. Chris, der jüngste seiner vier Freunde, die es zusammen mit ihm auf die NAUTILUS verschlagen hatte, nickte ihm flüchtig zu, während Ben, Juan und André keinerlei Notiz von ihm zu nehmen schienen. Sie alle starrten ebenso gebannt wie Trautman auf das Instrumentenpult.

»Was ist los?«, fragte Mike noch einmal.

Anstelle einer Antwort deutete Ben mit einer Kopfbewegung auf die runde Glasscheibe, der ihrer aller Aufmerksamkeit galt. Das Bild, das in leuchtenden Grüntönen darauf zu sehen war, schien im ersten Augenblick keinen Sinn zu ergeben. Mike und die anderen jedoch konnten es entziffern, nachdem Trautman ihnen die Funktion des Gerätes erklärt hatte – für das übrigens jeder Seefahrer auf der Welt ohne Zögern seine rechte Hand gegeben hätte. Der kreisende Lichtstrahl, der von der Mitte des Schirmes ausging, zeigte die genaue Position und Größe von allem, was sich im Umkreis mehrerer Meilen um die NAUTILUS befand.

Mike zog überrascht die Augenbrauen hoch, als er den länglichen Lichtfleck sah, der in regelmäßigen Abständen am Rand der Scheibe aufleuchtete und wieder erlosch. Und dann wurde aus seinem Erstaunen jäher Schrecken, als er begriff, wie *groß* das sein musste, was da als harmloser Lichtpunkt auf dem Schirm erschien.

»Und ich dachte, wir wären ihn endlich los«, seufzte Ben. »Dieser Kerl wird allmählich wirklich lästig.«

Seine Worte bezogen sich auf Kapitän Winterfeld, den deutschen Kriegsschiffkommandanten, der sie – und vor allem die NAUTILUS – vom ersten Tag an gejagt hatte. Ihr letztes Zusammentreffen mit ihm lag eine gute Woche zurück und sie waren ihm nur mit knapper Not entkommen.

»Du glaubst, das ist Winterfeld?«, fragte Mike.

»Wer soll es sonst sein?« Ben schnaubte. Niemand an Bord mochte Winterfeld. Die meisten hier hatten Angst vor ihm, aber Ben hasste den Deutschen regelrecht. Mike nahm sich nicht zum ersten Mal vor, Ben irgendwann einmal zu fragen, warum er alle Deutschen so sehr verachtete. Aber jetzt war nicht der Moment dafür und außerdem fuhr Ben bereits fort: »Wir hätten diesen Kerl mitsamt seinem Kahn auf den Meeresgrund schicken sollen, wo er hingehört.«

Mike ersparte sich eine Antwort. Der »Kahn«, von dem Ben sprach, war ein Schlachtschiff mit Dutzenden von Geschützen und einem Rumpf aus zentimeterdickem Stahl. Selbst für ein Schiff wie die NAUTILUS ein Gegner, der ein paar Nummern zu groß war.

»Das ist nicht die LEOPOLD«, sagte Trautman ruhig. Er wirkte sehr angespannt.

Ben blickte ihn zweifelnd an. »Was soll es sonst sein? Das Ding erscheint seit einer Woche immer wieder auf dem Schirm. Es folgt uns, eindeutig. Und außer Winterfeld weiß auf der ganzen Welt niemand, dass es uns überhaupt gibt.«

»Es kann nicht die LEOPOLD sein«, beharrte Trautman. »Es ist groß, aber nicht so groß. Und es ist viel zu schnell. Die LEOPOLD würde nicht einmal die Hälfte dieser Geschwindigkeit erreichen.«

»Soll das heißen, dass es uns einholen kann?«, fragte Juan. Trautman sah immer noch nicht auf. »Ich fürchte«, sagte er. Er zögerte, und als er weitersprach, lag in seiner Stimme ein besorgter Ton. »Ich weiß nicht, was es ist, aber es ist schneller als wir. Viel schneller.« Er atmete hörbar ein, hob nun den Blick und sah Mike und die vier anderen der Reihe nach an.

»Und es kommt genau auf uns zu.«

Trautman hatte errechnet, dass der Verfolger ungefähr drei Stunden benötigen würde, um die NAUTILUS einzuholen. Sie hatten einen Teil dieser Zeit mit Mutmaßungen zugebracht, um was es sich bei ihrem unheimlichen Verfolger wohl handeln mochte: angefangen von einem Tier bis zu einem anderen Unterseeboot, mit dem Winterfeld sie jagte – aber hätte er ein solches gehabt, würde er kaum mehr versuchen, die NAUTILUS in seine Gewalt zu bringen. Schließlich hatten sie es aufgegeben.

Nun war die Zeit beinahe um. Mike und die anderen hatten sich vor dem großen Fenster versammelt und blickten gebannt hinaus. Die NAUTILUS war höher gestiegen und befand sich jetzt nur noch fünf oder sechs Meter unter dem Meeresspiegel, hoch genug, dass das Wasser rings um sie herum von blauem Licht durchdrungen war und sie ihren Verfolger wenigstens sehen konnten, wenn er heran war, aber gerade noch tief genug, um nicht von der Gewalt des Sturmes durchgeschüttelt zu werden, der das Meer über ihnen immer noch aufpeitschte.

»Seltsam«, murmelte André. »Wir müssten ihn doch schon sehen.« Er wandte sich zu Trautman um, der hinter den Kontrollinstrumenten stand.

Der weißhaarige Steuermann der NAUTILUS zuckte mit den Schultern. »Es ist jedenfalls ganz nahe. Aber ich kann nicht genau feststellen, *wie* nahe.« Er runzelte die Stirn. »Das ist merkwürdig.«

»*Was* ist merkwürdig?«, fragten Juan und Mike wie aus einem Mund. Sie drehten sich zugleich zu Trautman herum.

»Es ... bewegt sich«, antwortete Trautman zögernd.

»Was für eine scharfsinnige Feststellung«, sagte Ben spöttisch. »Täte es das nicht, könnte es uns kaum einholen.«

»Das meine ich nicht«, antwortete Trautman ernst. »Es scheint sich ... in sich zu bewegen, fast als ...« Er brach ab, schüttelte den Kopf und lachte nervös. »Das ist Unsinn.«

Mike wollte ihn gerade fragen, was er damit meinte, doch in diesem Moment stieß Ben einen überraschten Schrei aus, und Mike wandte sich schnell zum Fenster. Natürlich glaubte er, Ben hätte ihren Verfolger entdeckt, doch der Schrei des Engländers hatte einen anderen Grund. Sein ausgestreckter Arm wies zur Meeresoberfläche hinauf, und als Mikes Blick ihm folgte, da gelang es auch ihm nicht, einen überraschten Laut zu unterdrücken.

Der Sturm hatte aufgehört. Noch vor wenigen Sekunden hatte das Meer über ihnen gekocht, aber jetzt lag die Wasseroberfläche so glatt wie ein silberner Spiegel über ihnen. Man konnte sogar den Umriss der NAUTILUS erkennen, der sich darauf spiegelte.

»Aber das ist doch unmöglich!«, sagte Juan. »So schnell *kann* sich ein Sturm doch gar nicht legen ...« Er fuhr mit einer hastigen Bewegung zu Trautman herum. »Wo ist er?«

»Ich weiß es nicht«, gestand Trautman. Er machte eine hilflose Geste. »Das Gerät muss defekt sein. Wenn das hier stimmt, dann hätte er uns bereits erreicht. Aber dort draußen ist nichts.«

Mike blickte mit wachsender Furcht aus dem Fenster. Das Wasser war glasklar, und sie konnten sicher zwei- oder auch dreihundert Meter weit sehen. Er glaubte nicht, dass das Gerät kaputt war – die NAUTILUS war eine fantastische Maschine, die ihren Dienst seit Tausenden von Jahren tat. Dass ein so wichtiger Teil ausgerechnet jetzt ausfallen sollte, war mehr als unwahrscheinlich.

»Seht mal«, sagte Ben plötzlich. Er deutete wieder nach draußen.

Mike blickte angestrengt in dieselbe Richtung, aber das Meer war noch immer leer. »Ich sehe nichts«, sagte er.

»Eben«, antwortete Ben. »Da draußen ist gar nichts. Kein einziger Fisch.«

Mike schauderte. Das Meer, durch das sie glitten, war leer. Vollkommen leer. Es ist, dachte er, als hätte irgendetwas jegliches Leben in weitem Umkreis vertrieben ... Er sah nach rechts, nach links und dann noch einmal zur Wasseroberfläche hinauf, und als er das tat, wurde aus seiner Furcht schieres Entsetzen, das sich wie eine eiskalte Hand um sein Herz legte und es zusammenzupressen begann.

»Trautman«, sagte er. Er hatte Mühe, überhaupt zu sprechen. Trotzdem klang seine Stimme ruhig.

»Ja?«

»Wo ist es jetzt?«

»Ich habe keine Ahnung«, antwortete Trautman und sah auf. »Wenn die Anzeige hier Recht hätte, dann müsste es überall um uns herum ...«

Er sprach nicht weiter. Seine letzten Worte wurden zu einem erstickten Keuchen, als er in die gleiche Richtung sah wie Mike und die anderen.

Auf der Unterseite des Meeresspiegels war noch immer deutlich der Umriss der NAUTILUS zu erkennen. Aber nicht nur das: Ein ungeheuerlicher, formloser Schatten griff wie die Hand eines Riesen aus den Tiefen des Meeres empor und begann das Schiff zu verschlingen.

Die Maschinen der NAUTILUS liefen mit voller Kraft. Aus dem Wimmern war ein dumpfes Dröhnen geworden, so laut, dass sie schreien mussten, um sich über den Lärm hinweg zu verständigen. Das ganze Schiff vibrierte und ächzte und manchmal flackerte das Licht, weil die elektrischen Motoren jedes bisschen Strom brauchten, den das Schiff aufbringen konnte.

»Das hat keinen Sinn mehr!«, schrie Trautman über den tosenden Lärm hinweg. »Die Maschinen arbeiten fast mit dem Doppelten ihrer normalen Leistung! Ich schalte ab, ehe sie uns um die Ohren fliegen!« Die Motoren der NAUTILUS kämpften seit zehn Minuten mit aller Kraft gegen die unheimliche Macht, die das Schiff gepackt hatte, ohne dass sie auch nur einen Zentimeter von der Stelle gekommen wären. Alles was sie erreichen konnten, wenn sie weiter versuchten, sich mit Gewalt zu befreien, war wahrscheinlich, die NAUTILUS ernsthaft zu beschädigen. Die NAUTILUS war eine fantastische, sehr robuste Maschine, aber sie war nicht unzerstörbar. Das Dröhnen und Rumoren wurde leiser, sank binnen weniger Augenblicke zu einem Tuckern herab und erlosch dann ganz. Trautman hatte die Motoren abgeschaltet.

Mike drehte sich wieder zum Fenster herum. Der Anblick war seit zehn Minuten der gleiche, aber er hatte trotzdem nichts von seinem Schrecken verloren. Der lichtdurchflutete blaue Ozean war verschwunden und hatte einer unheimlichen, weißen Masse Platz gemacht, die das gesamte Fenster bedeckte. Keiner von ihnen wusste, was es war – das Zeug war nicht ganz glatt, sondern von unregelmäßigen Streifen in verschiedenen Weiß- und Grautönen durchzogen, und hier und da gewahrte er kleine, durchsichtige Blasen, die mit irgendeiner Flüssigkeit gefüllt zu sein schienen. Manchmal bewegte sich die weiße Mauer vor dem Fenster; auf eine gleitende, zähe Art, als bestünde sie aus Gummi.

»Was ist das bloß?«, murmelte Ben kopfschüttelnd. Er verzog das Gesicht. »Es sieht ... fast lebendig aus. Und ziemlich ekelhaft.«

Mike konnte ihm nur zustimmen. Und noch etwas: Er hatte das Gefühl, eigentlich genau zu wissen, was er da sah. »Warten wir, bis Singh und Juan zurück sind«, sagte er. »Vielleicht haben sie etwas herausgefunden.« Juan und der Inder hatten den Salon verlassen, um die NAUTILUS gründlich zu inspizieren.

Wie auf ein Stichwort hin tauchten die beiden in diesem Moment unter der Tür auf. Juans Gesicht war so finster, dass Mike sich die Frage sparte, ob es von irgendeinem Bullauge aus etwas anderes zu sehen gab als von hier. Singh wirkte völlig unbewegt, aber das hieß gar nichts. Singh hätte auch dann noch vollkommen ungerührt dreingesehen, wenn ihm der Himmel auf den Kopf gefallen wäre.

»Nun?«, fragte Trautman.

»Nichts«, antwortete Juan mit einem ärgerlichen Stirnrunzeln. »Ich war oben im Turm, aber da sieht es genauso aus wie hier. Ich fürchte, das Zeug ist um das gesamte Schiff herum.«

Trautmans Miene verdüsterte sich noch mehr. Er wandte sich an Singh.

»Unten ist es dasselbe«, sagte Singh in einem Ton, als hätte man ihn gefragt, wie das Wetter sei. »Die Bodenschleuse lässt sich zwar noch öffnen, aber draußen ist kein Wasser, sondern nur noch diese Masse.« Er hob die Hand. »Ich habe etwas davon mitgebracht, hier. Es ist ziemlich zäh. Ich hatte Mühe, es mit dem Messer herauszuschneiden.«

Mike verzog das Gesicht, als er den widerwärtigen Geruch verspürte, der von dem weißen Zeug in Singhs Hand ausging. Trotzdem trat auch er wie alle anderen neugierig näher, während Singh es zum Tisch trug und darauf ablegte.

Es sah tatsächlich wie eine Art Fleischklumpen aus, der ziemlich grob aus einem größeren Stück herausgeschnitten worden war. Er war weiß, fast durchsichtig, und aus den Schnittflächen sickerte eine farblose, zähe Flüssigkeit, die aber auch kein Wasser war. Der Gestank, den das Stück verströmte, war wahrhaft atemberaubend.

»Es hüllt die ganze NAUTILUS ein«, erklärte Singh weiter. »Bis jetzt ist es nirgendwo eingedrungen, aber es scheint auch keinen Weg hinaus zu geben.«

Mike musste daran denken, wie sich der Schatten über den der NAUTILUS gelegt hatte. Es hatte tatsächlich so ausgesehen, als ob irgendetwas die NAUTILUS verschlang.

»Was ist das nur?«, fragte Ben kopfschüttelnd. Er nahm ein Messer vom Tisch und berührte den weißen Brocken mit seiner Spitze. Er zuckte leicht, als wäre noch immer Leben in ihm. Ben zog eine Grimasse und trat wieder einen Schritt vom Tisch zurück. »So etwas habe ich noch nie gesehen.«

»Doch«, widersprach Mike. »Das hast du.« Plötzlich wusste er, wieso ihm dieses sonderbare Etwas draußen vor dem Bullauge bekannt vorgekommen war, trotz allem. Ben und die anderen blickten ihn erstaunt an.

»Wir alle haben es schon einmal gesehen. Nur größer.« Mike machte eine Kopfbewegung auf die weiße Masse auf dem Tisch. »Das da ist ein Stück von einer Qualle.«

Ben, Juan und die beiden anderen Jungen rissen erstaunt die Augen auf, während Trautman die Hand hob, als ob er sich damit vor die Stirn schlagen wollte.

»Eine Qualle von der Größe der NAUTILUS?« Ben versuchte seiner Stimme einen spöttischen Klang zu verleihen, aber es gelang ihm nicht ganz. »Lächerlich.«

»Natürlich«, sagte Trautman kopfschüttelnd. »Wieso bin ich nicht schon längst darauf gekommen?«

»Weil es völlig verrückt ist!«, sagte Ben aufgebracht. »Eine hundert Meter große Qualle! Das ist ... lächerlich.«

Mike deutete auf das Fenster und sagte: »Sieh doch mal dorthin. Und dann lach weiter.«

Ben funkelte ihn an, aber Trautman unterbrach den drohenden Streit mit einer energischen Geste. »Hört auf, ihr beiden«, sagte er. »Das führt zu nichts. Lasst uns lieber gemeinsam darüber nachdenken, was wir tun können.«

»Aber wenn es doch nur eine Qualle ist, dann kann sie uns doch gar nichts tun, oder?«, fragte Chris. »Ich meine, eine Qualle ist doch nicht gefährlich, oder?«

»Ich habe keine Ahnung, wie gefährlich eine Qualle von dieser Größe ist«, antwortete Trautman. »Ich glaube nicht, dass sie die NAUTILUS ernsthaft beschädigen könnte, wenn du das meinst.«

»Ich verstehe überhaupt nicht, warum es uns angreift«, sagte Ben nachdenklich. »Ob es uns für ... für eine Art *Beute* hält?«

»Das ist durchaus möglich«, antwortete Trautman. »Für ein Geschöpf dieser enormen Größe könnten wir wohl eine lohnende Beute darstellen.« Er seufzte. »Es ist vollkommen sinnlos, über die Gründe für diesen Überfall zu diskutieren. Das können wir tun, wenn wir es irgendwie losgeworden sind.«

»Und wie?«, fragte Mike. »So wie ich die Sache sehe, sind wir blind, taub und gelähmt. Wir können uns ja nicht einmal von der Stelle rühren.« Er blickte nervös zum Fenster. Jetzt, wo er zu wissen glaubte, was diese unheimliche weiße Masse war, machte sie ihm noch mehr Angst.

Und wie sich schon in der nächsten Sekunde zeigen sollte, zu Recht.

Ein harter Ruck ging durch die NAUTILUS. Hastig griffen Mike und die anderen nach einem festen Halt oder kämpften mit rudernden Armen um ihr Gleichgewicht. Ein unheimliches Knistern und Knirschen erscholl, gefolgt von einer Reihe dumpfer, lang nachhallender Schläge, die durch den Rumpf des Bootes liefen, und dann konnten sie spüren, wie sich das Schiff langsam zuerst auf die eine, dann auf die andere Seite legte und sein Bug schließlich nach vorne kippte.

»Was ist denn jetzt –?«, begann Trautman, fuhr dann mitten im Satz herum und war mit ein paar Schritten wieder bei den Kontrollinstrumenten. Mike konnte sehen, wie er vor Schrecken blass wurde. »Wir sinken!«, sagte er. »Es zieht uns mit nach unten!«

Mike geriet in Panik. Auch die anderen waren zutiefst erschrocken und riefen wild durcheinander und selbst Singh verlor etwas von seiner unerschütterlichen Ruhe. Und dann hörte Mike ein Geräusch, das ihm schier das Blut in den Adern gerinnen ließ: ein helles Knistern, irgendwo hinter ihm. Erschrocken fuhr er herum – und stieß einen halblauten, entsetzten Schrei aus.

Das Fenster hatte einen Riss bekommen. Nicht viel länger als Mikes Hand, aber noch während er hinsah, hörte er ein lautes Knacken und der Riss wuchs um ein gutes Stück weiter nach unten.

»Nein!«, keuchte Ben entsetzt. Sein ausgestreckter Arm wies auf das Fenster. Auch er hatte die furchtbare Gefahr bemerkt. »Seht doch! Die Scheibe!«

»Es zerquetscht uns!«, fügte Juan mit fast überschnappender Stimme hinzu.

Mike fuhr mit einer heftigen Bewegung zu Trautman herum. »Tun Sie etwas!«, schrie er. »Schnell!«

In diesem Moment erscholl von draußen, dort, wo die Treppe zur unteren Etage mit Serenas Kabine lag, ein gellender Schrei.

Obwohl sie alle zugleich losgelaufen waren, erreichte Mike die Kabine vor den anderen. Er stieß die Tür auf, stürzte in den kleinen Raum – und blieb wie vom Donner gerührt stehen.

Serena war nicht mehr da. Das Bett war zerwühlt, Laken und Kissen heruntergerissen, aber das blonde Mädchen war verschwunden.

Ein weiterer Schlag ließ die NAUTILUS bis in die letzte Schweißnaht erzittern. Mike riss es nach vorne, er stolperte über etwas Weiches und fiel auf das leere Bett.

Während er sich wieder aufrappelte, drängten sich Ben, Juan, André und Chris vor der Kabinentür. Hinter den Jungen war die hoch gewachsene Gestalt Singhs zu erkennen.

Jetzt bemerkte Mike, dass er über Serena gestolpert war. Offensichtlich hatten die Erschütterungen des Schiffes sie aus dem Bett geworfen und sie lag nun auf dem nackten Metallboden.

Der Anblick versetzte Mike einen jähen Schrecken. Mit einem einzigen Satz war er aus dem Bett und kniete neben dem Mädchen nieder. Serenas Augen waren noch immer geschlossen, aber sie lag nicht mehr still, sondern bewegte unruhig die Hände, und manchmal hörte Mike ein leises, qualvolles Wimmern, obwohl sich ihre Lippen nicht bewegten. Mike wollte nach ihren Händen greifen, um sie festzuhalten, aber sie riss sich mit erstaunlicher Kraft immer wieder los. »Was ist passiert?«, fragte er. »Warum hat sie geschrien?«

Die Frage galt Astaroth, der sie auch unverzüglich beantwortete: *Das weiß ich nicht. Sie ist plötzlich aufgewacht und hat zu schreien begonnen.*

»Sie ist aufgewacht?«, wiederholte Mike überrascht. Die anderen sahen abwechselnd ihn und den einäugigen Kater erschrocken an. Sie wussten alle, dass Mike und der Kater auf eine geheimnisvolle Weise miteinander zu reden imstande waren, auch wenn es dem einen oder anderen ein wenig unheimlich sein mochte.

Nur einen Moment, bestätigte der Kater. *Ich wollte sie zurückhalten, aber sie hat mich weggestoßen.*

»Und dann?«, fragte Mike, als der Kater nicht weitersprach, sondern sich zu Serena herumdrehte und unter lautstarkem Schnurren ihr Gesicht abzulecken begann. *Nichts und. Sie hat geschrien und dann ist sie aus dem Bett gefallen,* antwortete der Kater.

Mike erklärte hastig, was der Kater gesagt hatte. »Was hat sie geschrien?«, fragte Juan.

Das habe ich nicht verstanden, antwortete Astaroth. *Das heißt: verstanden schon, aber ich weiß nicht, was es bedeuten soll.*

»Was war es?« fragte Mike ungeduldig. »Verdammt, lass dir nicht jedes Wort einzeln aus der Nase ziehen!«

Niemand wird meine Nase be–

»Astaroth!«, sagte Mike scharf.

Schon gut, antwortete Astaroth kleinlaut. *Sie hat geschrien: Die Alten. Das war alles.*

»Die Alten?«, wiederholte Mike verwirrt. »Aber was soll das bedeuten?«

Keine Ahnung, sagte Astaroth.

Mike erklärte erneut, aber auch von den anderen konnte sich keiner einen Reim darauf machen. Sie diskutierten einige Augenblicke lang heftig, dann beendete Mike das Gespräch mit einer entschiedenen Handbewegung. »Das spielt jetzt keine Rolle«, sagte er. »Helft mir, sie wieder aufs Bett zu legen.«

Ben kam herein, beugte sich hinunter und streckte die Arme aus – und zog die Hände hastig wieder zurück, als Astaroth mit den Krallen nach ihm schlug.

Der nicht!, erklang die Stimme des Katers in Mikes Kopf. *Ich will nicht, dass er sie anfasst!*

Mike sparte sich die Mühe, das den anderen zu sagen. Astaroth konnte Ben ebenso wenig leiden wie Ben umgekehrt den Kater. Jedermann an Bord der NAUTILUS wusste das. Ben zog sich missgelaunt zurück, während Mike ebenso ungeschickt wie verbissen versuchte, Serena allein wieder auf das Bett zurückzuheben. Schließlich drängte sich Singh wortlos an den vier Jungen vorbei und hob Serena ohne sichtbare Mühe aufs Bett. Astaroth ließ es widerspruchslos geschehen.

»Wie geht es ihr jetzt?«, fragte Mike. »Schläft sie wieder? Träumt sie noch?«

Ja, antwortete der Kater zögernd. *Aber ihre Träume sind … anders.*

»Was soll das heißen, anders?«, fragte Mike.

Anders eben, antwortete der Kater mürrisch. *Sie ... machen mir Angst.*

Das wiederum machte Mike Angst. Plötzlich fiel ihm wieder etwas ein, was er beobachtet, aber in der Aufregung der letzten Minuten einfach vergessen hatte: Der Sturm hatte aufgehört, und zwar im gleichen Moment, in dem die Riesenqualle das Schiff angegriffen hatte. Zum ersten Mal kam Mike der Verdacht, dass dieses Monster dort draußen möglicherweise mehr war als ein hirnloses Meeresungeheuer, das die NAUTILUS mit einem fetten Fisch verwechselt hatte.

»Jedenfalls scheint sie jetzt wieder zu schlafen«, sagte Ben nervös. »Lasst uns in den Salon zurückgehen. Möglicherweise braucht Trautman unsere Hilfe.«

Das war sicher richtig. Die Sache mit Serena hatte die Tatsache, dass sie sich noch immer in einer lebensgefährlichen Situation befanden, in den Hintergrund gedrängt. Es war gut möglich, dass sie sich schon in ganz naher Zukunft keine Gedanken mehr darum zu machen brauchten, ob Serena träumte oder nicht. Um alles andere übrigens auch nicht. Trotzdem war ihm nicht wohl dabei, das Mädchen allein zu lassen.

Geht ruhig, sagte Astaroth. *Ich passe schon auf sie auf.*

Mike war noch immer nicht beruhigt, aber er wandte sich trotzdem zur Tür und gab den anderen einen Wink, ihm zu folgen. Astaroth hatte Recht. Wenn es jemand an Bord des Schiffes gab, der dazu in der Lage war, über Serena zu wachen, dann er. Schließlich erfüllte er diese Aufgabe seit gut und gerne zehntausend Jahren.

Trautman hörte in Ruhe an, was Mike zu berichten hatte, aber er gab keinen Kommentar dazu ab. Sein Gesichtsausdruck wurde immer besorgter und das tiefe Seufzen, mit dem er sich wieder in seinen Stuhl zurücksinken ließ, sprach für sich. Mike vermutete wohl nicht zu Unrecht, dass ihn das Gehörte weit mehr erschreckte, als er eigentlich zugeben wollte.

»Hier sieht es leider auch nicht sehr viel besser aus«, sagte Trautman schließlich. Er wies auf das Fenster. »Wie ihr seht, sind wir noch immer in der Gewalt des Ungeheuers.«

»Dann ... dann sind wir verloren«, murmelte Chris. »Es wird uns zerquetschen, oder wir werden ersticken, wenn unser Sauerstoff aufgebraucht ist.«

»So schnell geht es nun auch wieder nicht«, antwortete Trautman. »Nicht einmal ein Wesen dieser Größe kann die NAUTILUS so einfach zerquetschen. Und unsere Luft reicht noch eine ganze Weile. Vielleicht wird es bald ein bisschen ungemütlich hier drinnen, aber ersticken werden wir so schnell nicht, keine Angst.«

»Irgendwann wird dieses Ding schon kapieren, dass die NAUTILUS unverdaulich ist«, fügte André hinzu, wie Trautman ganz offensichtlich darum bemüht, Chris zu beruhigen – und genauso offensichtlich wie er nicht überzeugt von dem, was er sagte. »Spätestens dann wird es uns wieder loslassen.«

»Falls wir dann noch am Leben sind«, fügte Ben hinzu. »Und falls es bis dahin nicht so tief getaucht ist, dass uns der Wasserdruck einfach zerdrückt.«

Trautman verdrehte die Augen und Mike warf Ben einen mordlüsternen Blick zu. Er hatte einmal gehört, dass Diplomatie eine Erfindung der Engländer war. Wenn das stimmte, dann stellte Ben wohl die berühmte Ausnahme dar, die die Regel bestimmte.

»Geht jetzt in eure Kabinen«, sagte Trautman befehlend, offenbar um einem eventuell ausbrechenden Streit vorzubeugen. »Ich sage auch sofort Bescheid, wenn es etwas Neues gibt.«

Chris gehorchte sofort, während Ben Trautman stirnrunzelnd ansah, sich aber dann achselzuckend abwandte und ebenfalls zur Tür ging. Auch Mike war verblüfft. Eigentlich war es nicht Trautmans Art, sie wie kleine Kinder ins Bett zu schicken, wenn es ihm beliebte. Im Gegenteil: Seit dem ersten Tag, an dem sie zusammen waren, hatte Trautman sie stets wie Gleichberechtigte behandelt. Sie hatten alle Probleme gemeinsam besprochen und gelöst. Niemals hatte er den Erwachsenen herausgekehrt. Das war auch einer der Gründe, aus denen der alte Mann den Jungen so ans Herz gewachsen war. Umso mehr überraschte Mike jetzt Trautmans Verhalten.

Aber Trautman wiederholte seine auffordernde Geste, und schließlich trollte sich auch Juan und der Franzose. Als Mike sich jedoch ebenfalls umdrehen und gehen wollte, hielt Trautman ihn mit einem Wink zurück. Gleichzeitig deutete er ihm, still zu sein. Mike warf einen Blick zur offenen Tür, durch die Juan und André gerade verschwunden waren. Ganz offensichtlich wollte Trautman nicht, dass die anderen merkten, dass er noch etwas mit ihm zu besprechen hatte, und auch das war ungewöhnlich. Sie hatten keine Geheimnisse voreinander.

»Was ... gibt es denn noch?«, fragte er zögernd.

Trautman ging an ihm vorbei und schloss die Tür, ehe er antwortete. »Entschuldige die Geheimnistuerei«, sagte er, »aber ich wollte die anderen nicht unnötig beunruhigen.«

Mike sagte nichts, aber er schluckte. Zumindest ihn hatte Trautman mit diesen Worten noch mehr beunruhigt.

»Serena hat wirklich nur das gesagt?«, vergewisserte sich Trautman. »Die Alten?«

»Soviel ich weiß, ja«, antwortete Mike. »Astaroth hat mich noch nie belogen. Warum?«

Trautman antwortete nicht darauf, aber er tauschte einen Blick mit Singh, der als Einziger zurückgeblieben war.

»Sie wissen, was dieses Wort bedeutet«, vermutete Mike.

»Dein Vater hat es ein paar Mal erwähnt«, sagte Trautman. »Er hat mir nie gesagt, wer diese Alten sind. Aber jedes Mal, wenn er dieses Wort aussprach, war er sehr ernst. So als spräche er über etwas, was ihm furchtbare Angst macht.«

Mike spürte ein eisiges Frösteln. Astaroths Worte fielen ihm wieder ein: *Ihre Träume machen mir Angst.*

Trautman ging zu dem großen Tisch in der Mitte des Salons, zog eine Schublade auf und nahm eine zusammengerollte Karte heraus, die er auf dem Tisch ausbreitete. Als Mike neben ihn trat, erkannte er, dass es sich um eine Karte des Atlantik handelte.

»Wir sind ungefähr hier«, sagte Trautman und deutete auf einen Punkt irgendwo zwischen der Halbinsel Florida und den Bermuda-Inseln. »Ich nehme nicht an, dass dir das etwas sagt?«

Mike verneinte. »Sollte es das?«

»Nur, wenn du dich für Seefahrt interessierst«, sagte Trautman. »Dieses Gebiet ist bei allen Seefahrern bekannt – und gefürchtet. Seit es Menschen gibt, die zur See fahren, verschwinden hier immer wieder Schiffe.«

»Verschwinden? Sie meinen: sinken?«

»Die meisten sicher«, antwortete Trautman. »Aber einige verschwinden auch einfach. Wenn ein Schiff sinkt, findet man fast immer irgendetwas: Überlebende, ein leeres Rettungsboot, Wrackteile, Trümmer ... Aber hier nicht. In diesem Seegebiet verschwinden immer wieder Schiffe einfach spurlos und niemand hat eine Erklärung dafür.«

»Bis jetzt«, murmelte Mike. »Sie meinen, es ... es ist die Riesenqualle?«

»Die Vermutung liegt zumindest auf der Hand«, sagte Trautman.

»Und was hat das mit den Alten zu tun?«, fragte Mike.

»Das weiß ich nicht«, antwortete Trautman. »Aber dieses Schiff stammt aus Atlantis. Dein Vater wusste das. Er wusste viel über das untergegangene Volk der Atlanter, wahrscheinlich mehr als irgendein anderer Mensch auf der Welt. Und jetzt haben wir eine echte Atlanterin an Bord. Auch sie hat von den Alten gesprochen, im gleichen Moment, in dem wir von diesem ... *Ding* angegriffen worden sind. Das kann kein Zufall mehr sein.«

»Und jetzt möchten Sie, dass ich sie wecke und sie frage, wer die Alten sind«, vermutete Mike.

Trautman nickte ernst. »Es ist vielleicht unsere einzige Chance.«

»Sie wissen, was passiert ist, als wir sie das letzte Mal geweckt haben«, sagte Mike.

»Das war etwas anderes«, behauptete Trautman. »Erstens haben *wir* sie nicht geweckt und zweitens wurde sie angegriffen und glaubte sich verteidigen zu müssen. Außerdem – schlimmer kann es kaum noch kommen.«

»Wieso?«, fragte Mike.

Trautman zögerte kurz. »Ich habe nicht ganz die Wahrheit gesagt«, gestand er schließlich. »Unsere Lage ist weitaus schlimmer, als die anderen ahnen.«

»Und wieso?«, fragte Mike. Sein Herz begann heftiger zu klopfen.

»Der Sauerstoff«, sagte Trautman. »Unsere Luftvorräte reichen noch für eine Stunde. Danach werden wir langsam ersticken.«

Nein!, sagte Astaroth energisch. *Kommt überhaupt nicht in Frage!*

»Astaroth, bitte, sei nicht stur!«, flehte Mike.

Wieso?, fragte Astaroth. Natürlich hatte er die Antwort längst in Mikes Gedanken gelesen, aber es machte ihm offensichtlich Spaß, Mike jedes Wort laut aussprechen zu lassen.

»Es ist wichtig! Wir werden alle sterben, wenn wir hier nicht herauskommen!« Er musste sich mühsam beherrschen, um den Kater nicht anzuschreien. »Das weißt du ganz genau!«

So schnell stirbt es sich nicht, antwortete der Kater. *Außerdem: Schrei mich nicht an, ja?*

»Ich schreie nicht!«, antwortete Mike.

Aber du wolltest es.

Mike musste den Impuls unterdrücken, den Kater zu packen und so lange zu schütteln, bis er Vernunft annahm. Astaroth, der dieses Bild natürlich in seinen Gedanken sah, wich ein Stück vor ihm zurück und fauchte drohend.

Komm mir bloß nicht so, sagte er. *Ich bin schon mit ganz anderen Gegnern fertig geworden.*

Mike fragte sich, welche Gegner außer der Langeweile der Kater wohl in der hermetisch abgeriegelten Kuppel auf dem Meeresgrund bekämpft haben mochte, in der er die vergangenen Jahrtausende zugebracht hatte, aber er sparte es sich, diesen Gedanken laut auszusprechen, nicht nur, weil Astaroth ihn sowieso las. Die Lage war ernst genug, er konnte nicht kostbare Zeit damit vertrödeln, mit einer Katze zu streiten.

Warum tust du es dann?, fragte Astaroth.

»Weil –« Nein! Er würde sich nicht von Astaroth dazu bringen lassen, endlos über etwas zu reden, worüber er nicht reden wollte! »Bitte sei vernünftig, Astaroth«, sagte er, so ruhig er konnte. »Es geht um Leben und Tod. Übrigens auch um deines und das Serenas.«

Für einen Moment sah es tatsächlich so aus, als ob dieses Argument wirkte. Astaroth hörte auf die Zähne zu fletschen und zu fauchen und blickte ihn erschrocken an. Aber dann schüttelte er den Kopf. Es war ein fast bizarrer Anblick, dieses menschliche Verhalten an einem Tier zu sehen, aber das änderte nichts an der Endgültigkeit.

Ich werde sie nicht wecken, sagte er. Etwas kleinlauter fügte er hinzu: *Das kann ich nicht.*

»Versuch es wenigstens!«, flehte Mike.

Glaubst du denn wirklich, dass ich das nicht längst getan hätte?, gab Astaroth zurück. *Ein Dutzend Mal mindestens.*

»Dann sag du mir, was du über die Alten weißt«, verlangte Mike. Er war der Verzweiflung nahe. Wenn es ihnen nicht gelang, irgendeinen Ausweg zu finden, dann waren sie in einer Stunde alle tot.

Ich weiß, sagte Astaroth traurig. *Aber glaub mir – ich weiß nicht, wer die Alten sind. Ich habe dieses Wort noch nie gehört.*

»Aber das ... das kann doch nicht sein!«, protestierte Mike. »Du stammst aus der gleichen Welt wie Serena. Und wenn sie solche Angst vor diesen Wesen hat –«

Vergiss nicht, dass ich ein ganz normales Tier war, bevor mich der Priester einfing und zu Serenas Wächter machte, antwortete Astaroth. *Ich weiß wenig mehr über die Menschen von Atlantis als du und deine Freunde.*

»Aber du bist dort geboren!«, protestierte Mike.

Ich kann dir eine Menge über die Wälder von Atlantis erzählen, antwortete Astaroth. *Und seine Tiere. Aber mehr nicht.* Obwohl seine Stimme völlig lautlos war und direkt in Mikes Kopf erklang, glaubte er ehrlich empfundenes Bedauern darin zu hören. *Glaub mir, Mike. Der Priester hat ... etwas mit mir getan, was mich zu dem gemacht hat, was ich jetzt bin. Vielleicht wirklich zu etwas wie einem Menschen ... aber er hat mir nicht die Erinnerungen eines Menschen gegeben.*

Mike resignierte. Von allen Eingeständnissen, die der Kater bisher gemacht hatte, überzeugte ihn dies am meisten. Normalerweise sprang Astaroth jedem mit allen Krallen zusammen ins Gesicht, der es auch nur wagte, ihn mit einem menschlichen Wesen zu vergleichen.

»Du warst unsere letzte Hoffnung«, sagte er traurig.

Ich weiß, antwortete Astaroth. *Und ich würde euch helfen, wenn ich könnte. Weißt du, ich hänge genauso am Leben wie ihr.*

»Auch wenn du neun Stück davon hast?«, murmelte Mike. Er lächelte müde.

Ich fürchte, das eine oder andere habe ich wohl schon verbraucht, gab der Kater in sanftem Tonfall zurück.

Mike sah ihn traurig an, dann stand er auf und ging zur Tür. Aber bevor er die Kabine verließ, blieb er noch einmal stehen und blickte zu Serena zurück. Sie lag wieder mit geschlossenen Augen auf dem Bett und schlief, so wie sie die ganze vergangene Woche dagelegen hatte, und trotzdem kam ihm das Bild vollkommen verändert vor. Der Unterschied war nicht wirklich greifbar. Vielleicht gab es auch gar keinen und er sah Serena jetzt nur mit anderen Augen. Sie kam ihm viel verwundbarer vor als bisher, viel zarter, wie sie so dalag, in ihrem weißen Kleid, mit ihren lockigen blonden Haaren und dem Gesicht, das so weiß und weich war wie frisch gefallener Schnee.

He, an dir ist ein Dichter verloren gegangen!, spöttelte Astaroth. *Du hast dich doch nicht etwa in sie verliebt?*

»Blödsinn!«, antwortete Mike heftig.

Du solltest nicht versuchen jemanden zu belügen, der deine Gedanken liest, sagte Astaroth. *Und wenn du einen guten Rat von mir willst –*

»Will ich nicht«, sagte Mike.

– dann gib dich keiner falschen Hoffnung hin, fuhr Astaroth unbeeindruckt fort. *Sie kann Jungs nicht ausstehen.*

Mike spießte den Kater mit seinen Blicken regelrecht auf,

aber Astaroth reagierte darauf nur mit seinem unverschämten Katergrinsen, zu dem von allen Katzen auf der Welt wahrscheinlich nur er fähig war. Mike verbrachte einige Sekunden damit, sich alle möglichen unangenehmen Dinge vorzustellen, die er dem Kater antun konnte, aber diesmal funktionierte der Trick nicht. Astaroth grinste nur noch breiter und schließlich fuhr Mike wütend auf dem Absatz herum und stürmte hinaus.

Und Adelige schon gar nicht, fügte Astaroths lautlose Stimme in seinem Kopf noch hinzu.

Es war unheimlich still geworden. Nach dem gequälten Heulen der Maschinen waren nach und nach auch fast alle anderen Geräusche verstummt, nachdem Trautman die meisten elektrisch betriebenen Geräte abgestellt hatte um Luft zu sparen. Sie selbst verbrauchten zwar keinen Sauerstoff, wohl aber die Generatoren, die den Strom erzeugten.

Trotzdem war die Luft bereits spürbar schlechter geworden. Mike redete sich das nicht nur ein, obwohl er es gerne geglaubt hätte. Aber es war wirklich stickig im Salon der NAUTILUS, und jedes Mal, wenn er einatmete, spürte er ein leises Kratzen im Hals, so als kündigte sich eine Erkältung an. Sie sprachen sehr wenig. Trautman hatte ihnen nicht verboten zu reden, aber sie wussten alle, dass sie damit nur Sauerstoff vergeuden würden. Aber schließlich hielt Mike das Schweigen einfach nicht mehr aus.

»Wie tief sind wir?«, fragte er.

Trautman hob die Schultern. Er warf einen Blick auf seine Instrumente und seufzte tief. Die Geräte waren nutzlos. Die riesige Qualle hüllte das Schiff vollkommen ein, sodass sie sozusagen blind und taub waren; ganz wie Mike es vorhin ausgedrückt hatte. Trotzdem antwortete Trautman nach einer Weile: »Ich weiß es nicht. Aber ich denke, sehr tief. Einige tausend Meter dürften es wohl sein.«

»Wie kommen Sie darauf?«, wollte Ben wissen.

»Weil die Vermutung auf der Hand liegt«, antwortete Trautman. »Sie wird bestimmt in ihre angestammte Umgebung zurückkehren, sobald sie Beute gemacht hat. Und nach allem, was ich weiß, leben Tiere dieser Größe normalerweise nur sehr tief unten im Meer.«

»Wenn das alles nur ein schreckliches Missverständnis ist«, sagte Ben kampflustig, »dann erklär mir doch mal einer, wieso dieses Ding uns eine Woche lang beharrlich verfolgt hat.«

Genau das hatte sich Mike auch schon gefragt, ohne zu einer befriedigenden Antwort zu gelangen. Er glaubte nicht, dass das Wesen durch einen reinen Zufall ausgerechnet jetzt aufgetaucht war.

Es fiel ihm jetzt immer schwerer, zu denken. Der Sauerstoffmangel begann sich deutlich bemerkbar zu machen. Ihm war schwindlig und jede Bewegung fiel ihm schwer. Und wenn er auch nur halb so schlimm aussah wie die anderen, dann musste er wirklich schlimm aussehen: Juans Augen waren gerötet und dunkel unterlaufen und sein Gesicht war kreidebleich. Und auch die anderen boten keinen sehr viel erfreulicheren Anblick.

Vielleicht war es dieses Bild, das ihm endgültig vor Augen führte, wie ernst ihre Situation war. Wenn kein Wunder geschah, dann würden sie sterben. Nicht irgendwann und irgendwo, sondern hier und jetzt.

»Die Taucheranzüge!«, sagte André plötzlich. »Wenn wir in die Anzüge steigen, haben wir noch Luft aus den Flaschen!«

»Die reichen nur für eine Stunde«, sagte Trautman.

»Aber wenn wir die NAUTILUS verlassen und mit den Anzügen zur Oberfläche hinaufschwimmen?«

»Das geht nicht«, antwortete Trautman traurig. »Dazu sind wir zu tief. Der Aufstieg zur Oberfläche würde Stunden dauern. Ganz davon abgesehen, dass uns der Druckausgleich umbringen würde. Außerdem haben wir gar nicht genug Anzüge. Zwei von uns müssten zurückbleiben.«

Damit endete die Diskussion, die ohnehin sinnlos gewesen war. Trautman hatte Mike schon vor längerer Zeit einmal erklärt, dass ein Mensch in einem Taucheranzug nicht nach Belieben ins Meer hinab- und wieder hinaufsteigen konnte. Der menschliche Körper brauchte eine gewisse Zeit, um sich an den veränderten Druck in großen Wassertiefen zu gewöhnen; und ebenso umgekehrt. Der Aufstieg aus einigen hundert Metern Tiefe konnte Stunden dauern und der aus einigen tausend entsprechend Tage, wenn nicht Wochen. Außerdem hatte Trautman natürlich auch mit seinem zweiten Argument Recht. Sie hatten zwei Taucheranzüge zu wenig. Wer von ihnen würde wohl in dem Bewusstsein in einen dieser Anzüge steigen wollen, damit einen der anderen zum sicheren Tode zu verurteilen?

Mikes Sinne begannen sich langsam zu verwirren. Er hatte ein Gefühl wie Fieber und nach und nach schien er in einen dumpfen Traum abzudriften, hinter dem etwas Dunkles, Tiefes zu lauern schien, eine bodenlose Klippe, auf die er langsam zuschwebte, ohne dass er etwas dagegen tun konnte. Wenn das der Tod ist, dachte er, dann ist er sehr angenehm. Er hatte es sich qualvoller vorgestellt, langsam zu ersticken.

Jemand rüttelte an seiner Schulter. Die Bewegung setzte sich bis in seinen Traum hinein fort und störte den Frieden, der ihn ergriffen hatte. Mike versuchte die Hand abzuschütteln, die da so roh in seine Träume drang, aber es gelang ihm nicht. Im Gegenteil: Das Rütteln wurde stärker, und dann hörte er eine Stimme, die in fast verzweifeltem Tonfall seinen Namen rief.

»Mike, wach auf! Mike! *Mike!*«

»Verschwinde«, murmelte Mike. »Ich will *sterben*.«

»Gerne«, antwortete die Stimme, die er jetzt als die Trautmans identifizierte. »In sechzig oder siebzig Jahren. Jetzt machst du gefälligst die Augen auf und kommst mit. Oder soll ich alter Mann dich jungen Spund etwa tragen?«

Mike öffnete widerwillig die Augen. Trautman stand über ihn gebeugt da. Er rüttelte noch immer an seiner Schulter. Und – die NAUTILUS lag nicht mehr still. Das Schiff schwankte leicht hin und her. Und das konnte nur eines bedeuten ...

»Sind wir aufgetaucht?«

»So könnte man es nennen«, antwortete Trautman ausweichend.

»Was soll das heißen?«, fragte Mike.

»Ich denke, es ist besser, wenn du es dir selbst ansiehst«, sagte Trautman. »Komm. Die anderen sind schon alle oben.«

Mehr von Trautman gezogen als aus eigener Kraft, stemmte sich Mike aus dem Sessel. Mit einem Gefühl leiser Verwunderung registrierte er, wie leicht ihm die Bewegung fiel. Und erst in diesem Augenblick fiel es ihm auf: ein kühler Lufthauch streifte sein Gesicht.

Der Luftzug wurde stärker, und als sie sich auf der Treppe nach oben befanden, war es ein regelrechter Wind, der ihnen in die Gesichter schlug; köstliche, saubere Luft, so kalt und rein, dass Mike gar nicht genug davon bekommen konnte und so hastig ein- und ausatmete, dass ihm wieder schwindlig wurde.

Durch die weit offen stehende Turmluke fiel helles Licht zu ihnen herein. Mike konnte die Schritte der anderen oben auf dem Deck hören und einen Moment später ihre Stimmen. Die Worte waren nicht zu verstehen, aber sie klangen ziemlich erregt. Sie waren tatsächlich aufgetaucht!

Aber irgendetwas stimmte nicht.

Es hatte mit dem Licht zu tun. Es war nicht so, wie Tageslicht sein sollte.

Dicht vor Trautman stieg er die eiserne Luke zum Turm hinauf und trat schließlich ins Freie.

Vollkommen fassungslos blieb er stehen.

Die NAUTILUS trieb auf dem Wasser eines riesigen, halbkreisförmig angelegten Hafenbeckens. Die Kaimauern erhoben sich erstaunlich hoch über die Wasseroberfläche, und die dahinter liegenden Gebäude kamen Mike irgendwie ... sonderbar vor, ohne dass er genau hätte sagen können, warum.

Sie waren auch zu weit entfernt, um sie genau zu erkennen.

Was er hingegen ganz genau sehen konnte, waren die Schiffe, die an der Kaimauer vertäut waren oder in kleinen Gruppen aneinander gebunden davor auf dem Wasser trieben.

Es mussten an die hundert sein. Die meisten waren uralt und zum Großteil verfallen und vermodert und es waren alle nur vorstellbaren Schiffstypen darunter – spanische Galeonen, die aussahen, als wären sie einem Buch mit historischen Illustrationen entsprungen, ebenso wie ganz moderne Dampfschiffe, kleine Ruderboote ohne Segel genauso wie gewaltige fünfmastige Kriegsschiffe. Schlanke Wikingerboote waren an plumpen Lastkähnen vertäut. Es waren Schiffe darunter, wie Mike sie noch nie zuvor gesehen hatte, aber auch ganz moderne, die er kannte.

»Unglaublich«, flüsterte Mike.

»Wenn dir das schon unglaublich erscheint, dann schau doch bitte mal nach oben«, sagte Ben.

Mike gehorchte – und riss zum zweiten Mal binnen kürzester Zeit ungläubig die Augen auf.

Der Anblick des Hafens war bizarr gewesen, aber der des Himmels war ... absurd. Es war nämlich keiner.

Über dem Hafen spannte sich eine gewaltige, halbrunde Kuppel aus –

Wasser!

»Aber das ist doch vollkommen *unmöglich*!«, krächzte Mike.

»Du bist genau der Fünfte, der das sagt«, erklärte Ben mit einem säuerlichen Grinsen. »Übrigens auch mit derselben Betonung. Wer weiß – vielleicht sind wir ja längst tot und das hier ist die Hölle?«

»Lass das!«, sagte Trautman streng. »Mit so etwas scherzt man nicht.«

»Es war auch nicht als Scherz gemeint«, antwortete Ben.

Mike hörte nicht mehr hin. Mühsam löste er den Blick von der gigantischen Wasserkuppel und sah zum Heck der NAUTILUS hin. Der halbrunde Himmel setzte sich auch dort fort, bis er in einer Entfernung von mindestens drei oder vier Meilen mit dem Wasser des Hafens verschmolz. Hinter ihnen befanden sich keine Schiffe mehr, aber irgendetwas trieb auf dem Wasser. Auf den ersten Blick sah es aus wie Fetzen von weißem Segeltuch, aber dazu war es zu groß, und es setzte sich zu weit unter Wasser fort. Es war die Qualle. Sie hatte die NAUTILUS zwar freigegeben, aber sie befand sich noch immer in ihrer unmittelbaren Nähe; vielleicht, um sofort zugreifen zu können, sollten sie einen Fluchtversuch wagen. Mike verspürte ein eisiges Frösteln, als er sah, wie gewaltig die Qualle wirklich war. Viel größer, als sie alle geglaubt hatten. Selbst die NAUTILUS musste dagegen wie ein Zwerg erscheinen.

Mike drehte sich wieder zu den Schiffen herum. »Ob sie ... wohl alle auf die gleiche Weise hierher gekommen sind?«, fragte er stockend.

Trautman hob die Schultern. »Die Vermutung liegt nahe«, gab er zurück. »Und jetzt frag mich bloß nicht, warum.«

Das tat Mike auch nicht. Und er ersparte sich auch die andere Frage, die ihm auf der Zunge lag – nämlich, was mit den Besatzungen all dieser Schiffe geschehen war. Er kannte die Antwort. Sie hatten den Angriff der Qualle mit Müh und Not überlebt, aber nur, weil sie sich in einem Unterseeboot befanden, einem Schiff, das dazu gebaut war, in große Wassertiefen vorzustoßen. Die Männer und Frauen auf all diesen Schiffen hier mussten jämmerlich ertrunken sein.

»Ich denke, wir werden uns diesen sonderbaren Hafen einmal ein wenig genauer ansehen«, sagte Trautman. »Ihr bleibt hier oben. Haltet die Augen offen.« Er ging in den Turm zurück, in dem sich ein zweites Steuerruder befand, sodass er die NAUTILUS im Notfall auch von hier aus steuern konnte. Es verging nur ein Moment, bis sie hören konnten, wie die Motoren des Schiffes wieder ansprangen. Die NAUTILUS setzte sich in Bewegung.

Mike kam aus dem Staunen nicht mehr heraus, während die NAUTILUS zwischen den miteinander vertäuten Schiffen hindurchglitt. Beim Näherkommen konnten sie sehen, dass sich die meisten Schiffe in einem sehr viel schlechteren Zustand befanden, als es von weitem den Anschein gehabt hatte. Spieren und Ruder waren geknickt und zersplittert, Masten gebrochen, und in dem einen oder anderen Rumpf gähnten gewaltige Löcher. Dicke Krusten aus Muscheln und Algen hatten das Holz überwuchert, es roch nach Fäulnis und Schimmel.

Plötzlich fuhr Juan zusammen.

»Was hast du?«, fragte Mike alarmiert.

Juan starrte aus eng zusammengekniffenen Augen zur Reling eines riesigen Viermasters empor, dem sich die NAUTILUS näherte.

»Ich ... dachte, ich hätte etwas gesehen«, antwortete er zögernd. »Aber ich muss mich wohl getäuscht haben.« Trotzdem ließ er das Schiff nicht aus den Augen und auch Mike musterte das Kriegsschiff genauer. Flaggen und Segel waren längst weggefault, aber Mike erkannte den Schiffstyp jetzt wieder: Es handelte sich um ein spanisches Kriegsschiff aus dem sechzehnten Jahrhundert, eines jener gewaltigen Schiffe, denen die spanische Krone damals ihren Rang als Weltmacht verdankt hatte.

»Das gefällt mir nicht«, sagte Juan. »Irgendetwas stimmt hier nicht.«

»Hier lebt niemand mehr«, antwortete Ben – in einem Ton, dem man anhörte, dass er diese Worte nur sagte, um sich selbst zu beruhigen.

»So?«, fragte Juan. »Und wer hat dann die Schiffe aneinander gebunden? Und die Stadt gebaut? Etwa die Qualle?« Darauf antwortete Ben nicht. Aber auch er wurde deutlich nervöser.

Die NAUTILUS glitt weiter auf das Kriegsschiff zu. Es war mittels eines dicken Seiles mit einem kleineren, aber immer noch großen Schiff vertäut, sodass die verbleibende Durchfahrt gerade für die NAUTILUS reichte. Für eine Sekunde glaubte Mike, eine Bewegung hinter den offen stehenden Geschützluken des Linienschiffes zu erkennen. Aber als er genauer hinsah, war alles leer.

Einen Moment später sah er eine Gestalt, und dann ging alles so schnell, dass keinem von ihnen noch Zeit blieb, irgendetwas zu tun. Hinter der Reling der beiden Schiffe, zwischen denen sie hindurchfuhren, erschien plötzlich mehr als ein Dutzend zerlumpter, Waffen schwingender Männer. Ein gewaltiges Gebrüll hob plötzlich an, und ehe Mike und die anderen wirklich begriffen, was vor sich ging, waren die Angreifer bereits dabei, die NAUTILUS zu entern. Sie sprangen von den höher liegenden Decks der Schiffe herunter, schwangen sich an Seilen herab und turnten mit affenartiger Geschicklichkeit an den Tauen entlang, zwei oder drei von ihnen verfehlten das Schiff und landeten mit einem gewaltigen Platsch im Wasser, aber die meisten setzten mit erstaunlichem Geschick auf dem schlüpfrigen Deck der NAUTILUS auf und fielen über deren vollkommen verblüffte Besatzung her.

Mike wurde gepackt und auf den Rücken geworfen. Eine wild aussehende Gestalt mit struppigem Bart und langem, verfilztem Haar kniete auf seiner Brust und hielt seine Handgelenke umklammert. Mike bäumte sich mit verzweifelter Kraft auf, aber er bekam keine Luft, denn der andere war mindestens doppelt so stark wie er und fast doppelt so schwer.

Gerade als er glaubte, in der nächsten Sekunde das Bewusstsein zu verlieren, wurde der Bursche von ihm herunter und in hohem Bogen ins Wasser geschleudert. An seiner Stelle tauchte Singh über Mike auf. In der einen Hand schwang er einen schartigen Säbel, den er offensichtlich von einem der Angreifer erbeutet hatte, die andere streckte er nach Mike aus, um ihm auf die Beine zu helfen.

Zwei weitere Angreifer stürmten auf sie los, diesmal mit gezückten Schwertern. Singh wehrte sie mit ein paar geschickten Hieben ab, durch die der eine seine Waffe verlor und der andere rücklings ins Wasser stürzte. Gleichzeitig riss er Mike in die Höhe und versetzte ihm einen Stoß, der ihn auf die offen stehende Luke zutaumeln ließ. Irgendwie schaffte es Mike, auf den Beinen zu bleiben, aber wie er die Treppe hinuntergelangte, ohne sich den Hals zu brechen, war ihm ein Rätsel. Hinter ihm klirrte Metall, dann hörte er einen gellenden Schrei, und einen

Moment später landete Singh mit einem federnden Satz neben ihm. Er trug jetzt zwei Schwerter in der Hand.

»Trautman! Weg hier! Tauchen Sie!«

Aber es war zu spät. Hinter Singh drängten sich einige der zerlumpten Gestalten die Treppe herunter. Zwar gelang es dem Sikh, sie aufzuhalten, aber nicht, sie zurückzudrängen; dazu war die Übermacht zu groß. Und solange die Luke offen stand, konnten sie nicht tauchen.

»Flieht!«, schrie Singh. »Ich halte sie auf!«

Trautman ergriff Mike am Arm und zerrte ihn mit sich, hinunter in den Rumpf der NAUTILUS. »In den Salon!«, keuchte er. »Schnell! Vielleicht kommen wir von dort aus weiter!«

Mike begriff sofort, was Trautmans Plan war. Der Salon verfügte über die mit Abstand massivste Tür von allen Räumen an Bord der NAUTILUS. Auch sie würde den Angreifern nicht ewig standhalten, aber vielleicht verschaffte sie ihnen die Frist, die sie brauchten, um einen Plan zu fassen. Alles war so unheimlich schnell gegangen, dass Mike immer noch nicht richtig mitbekommen hatte, wie ihnen überhaupt geschah. Die zerlumpte Bande, die so jählings über sie hergefallen war, machte ganz den Eindruck von Piraten. Aber Mike weigerte sich, das zu glauben. Piraten, im zwanzigsten Jahrhundert, und hier, etliche tausend Meter unter dem Meer? Lächerlich!

Sie hatten das Ende der Treppe erreicht.

Mit weit ausgreifenden Schritten stürmten Trautman und Mike in den Salon und bemühten sich mit vereinten Kräften, die schwere Stahltür zu schließen. Es gelang ihnen im buchstäblich allerletzten Moment. Der schwere Riegel war kaum eingerastet, da erzitterte die Tür auch schon unter einer Reihe heftiger Schläge, die ihre andere Seite trafen und lang durch den gesamten Rumpf des Schiffes nachhallten.

»Jetzt sind wir eine Weile sicher vor ihnen«, sagte Trautman, während er mit erleichtertem Aufatmen zurücktrat.

»Und was ist mit Singh?«, fragte Mike. Er konnte den Inder unmöglich dieser Bande draußen überlassen.

Trautman machte eine beruhigende Handbewegung. »Wenn er klug ist, gibt er auf, sobald er merkt, dass wir in Sicherheit sind«, sagte er. »Ich glaube nicht, dass sie ihm etwas antun.«

»Nein. Sie sind sicher nur gekommen, um uns einen Höflichkeitsbesuch abzustatten«, antwortete Mike sarkastisch. »Auch wenn ich finde, dass sie eine etwas merkwürdige Art haben, hallo zu sagen.«

»Sie wollen bestimmt nicht unseren Tod«, beharrte Trautman. »Erinnere dich – keiner von ihnen hat seine Waffe gezogen, um dich und die anderen zu überwältigen.«

»Aber was wollen sie dann?«

Trautman hob die Schultern. »Ich habe keine Ahnung«, gestand er. »Piraten! Dass ich das noch erleben muss. Ich wünschte, ich wäre zwanzig Jahre jünger.«

»Das klingt, als wären Sie schon einmal mit Piraten zusammengetroffen.«

»Einmal?« Trautman lachte. »Dein Vater und ich haben sie quer über die Weltmeere gejagt. Früher war der Ozean voll von diesem Gesindel. Dein Vater hat sie gehasst wie die Pest. Wir müssen zwei oder drei Dutzend von ihnen versenkt haben!«

Mike fröstelte plötzlich. Worüber Trautman da sprach, das

klang im ersten Moment wie eine spannende Geschichte. Aber in Wahrheit redete er über den Tod von Menschen. Von vielen Menschen. Möglicherweise, dachte Mike, gab es da doch noch das eine oder andere Detail aus dem Leben seines Vaters, das er nicht kannte. Und auch nicht kennen wollte.

Wieder erzitterte die Tür unter einer Folge harter, lang nachhallender Schläge. Trautman fuhr erschrocken zusammen und deutete auf den hinteren Ausgang des Salons. »Schnell jetzt!«, rief er. »Ehe sie auch von dort kommen!«

In panischer Hast verließen sie den Salon. Aber sie schafften es trotzdem nicht. Einige Piraten mussten in der oberen Etage schon weiter zum Heck der NAUTILUS vorgedrungen sein, denn vor ihnen klapperten plötzlich Schritte auf dem Metall des Gangbodens, und sie hörten aufgeregte, wild durcheinander rufende Stimmen – und dann tauchten hintereinander vier, fünf, sechs der Piraten vor ihnen auf, die triumphierend zu brüllen begannen, als sie Trautman und Mike erblickten. Unverzüglich stürzten sie sich auf sie.

Trautman stellte sich schützend vor Mike und wehrte sich heftig, wurde aber binnen Sekunden überwältigt und zu Boden gezwungen. Dabei vermieden sie jede Brutalität. Keiner von ihnen schlug oder trat gar nach dem alten Mann – Trautman wurde einfach an den Armen gepackt und niedergehalten.

Zwei der Piraten versuchten nun dasselbe mit Mike. Obwohl er wusste, dass es vollkommen sinnlos war, setzte er sich mit erbitterter Kraft zur Wehr. Blitzschnell duckte er sich unter einer zupackenden Hand hinweg, versetzte dem Mann einen derben Stoß, der ihn zurücktaumeln ließ, und trat dem anderen Piraten so kräftig vor das Schienbein, dass dieser aufheulte und auf einem Bein zur Seite sprang.

Auf diese Weise verschaffte er sich für eine Sekunde Luft. Nicht, dass es ihm etwas nutzte.

Die Piraten rückten nun gemeinsam gegen ihn vor, und Mike wich Schritt für Schritt vor ihnen zurück, wobei er sich wild nach irgendeinem Versteck oder einem Fluchtweg umsah.

In diesem Moment ging die Tür zu seiner ehemaligen Kabine auf, und ein schwarzes, einäugiges Ungeheuer flog heraus und fiel fauchend und mit den Klauen um sich schlagend über die Piraten her. Einer der Burschen stürzte kreischend zu Boden und schlug beide Hände vor das Gesicht, und noch bevor seine Kameraden überhaupt begriffen, wie ihnen geschah, sprang Astaroth bereits einen Zweiten an, biss ihm kräftig in die Unterlippe und benutzte anschließend sein Gesicht als Sprungschanze, um über einen Dritten herzufallen.

Aber der Mann war vorbereitet. Als der Kater ihn ansprang, riss er schützend den Unterarm vor das Gesicht. Als Quittung verpasste Astaroth ihm vier lange, blutige Kratzer vom Ellbogen bis zur Handwurzel, doch der Pirat nutzte die Chance, seinen Säbel zu ziehen. Mike stieß einen entsetzten Schrei aus, als die schartige Klinge aufblitzte, und reagierte ganz instinktiv.

Er sprang den Piraten an und umklammerte den Säbel mit beiden Händen.

Sein Angriff verblüffte den Piraten so sehr, dass dieser zurücktaumelte und seine Waffe losließ. Der Säbel fiel klappernd zu Boden und Mike blieb sogar noch eine kurze Gnadenfrist, in der er triumphierend aufschrie.

Dann explodierte ein Schmerz in seinen Händen, der so grausam war, dass er nicht einmal mehr schreien konnte. Mike wurde schwarz vor den Augen. Er wankte, fiel auf die Knie herab und presste die Handflächen gegen die Brust. Warmes Blut tränkte sein Hemd. Und der Schmerz wurde immer schlimmer. Mike krümmte sich wimmernd, kämpfte mit aller Macht gegen die Bewusstlosigkeit, die nach seinen Gedanken griff, und sah wie durch einen roten Nebel, dass der Pirat den Kater zu Boden warf und ihm einen Tritt verpasste, der ihn wie einen lebenden Ball quer über den Gang und an die gegenüberliegende Wand schleuderte. Astaroth kreischte schrill und blieb liegen.

Wieder kamen die Piraten auf ihn zu. Mike hatte weder die Kraft noch den Willen, sich zu wehren. Ihm war übel, und er hätte alles gegeben, hätte das grausame Brennen und Stechen in seinen Händen nur nachgelassen.

Und dann geschah etwas, womit keiner von ihnen gerechnet hatte – Mike am allerwenigsten.

Unter der Tür seiner Kabine erschien eine blondhaarige, in ein weißes Gewand gekleidete Gestalt. Serenas Gesicht war so bleich, wie er es in Erinnerung hatte, und ihr Blick war benommen wie der eines Menschen, der jäh aus dem tiefsten Schlaf gerissen worden ist und noch nicht genau weiß, wo er sich überhaupt befindet. Einige Sekunden lang sah sie sich mit offenkundiger Verwirrung um, dann blieb ihr Blick an Mike hängen. Sie blinzelte und musterte dann der Reihe nach die Piraten, die bei ihrem Erscheinen ebenfalls erstarrt waren und das Mädchen anblickten.

»Was um alles in der Welt bedeutet dieser Lärm?«, fragte Serena in ungeduldigem Tonfall. »Wer seid ihr überhaupt? Und was habt ihr auf meinem Schiff zu suchen?« Mike riss ungläubig die Augen auf, aber wenn er gedacht hatte, dass es nichts mehr gab, was ihn jetzt noch überraschen konnte, dann wurde er in der nächsten Sekunde eines Besseren belehrt.

Die Piraten reagierten jetzt auf Serenas Erscheinen – aber auf eine vollkommen andere Art und Weise, als Mike sich selbst im Traum hätte vorstellen können. Die Männer griffen sie nicht etwa an. Im Gegenteil.

Mike wurde übel und er spürte, wie er endgültig in Ohnmacht fiel. Aber bevor ihm die Sinne gänzlich schwanden, sah er noch, wie die Piraten einer nach dem anderen vor Serena auf die Knie sanken und demütig das Haupt senkten ...

Die letzte Empfindung vor seiner Bewusstlosigkeit und die erste nach seinem Erwachen waren gleich: eine grenzenlose Verblüffung und ein heftiger, brennender Schmerz in beiden Händen, der ihm die Tränen in die Augen trieb. Mike öffnete sie stöhnend und wollte die Arme heben – das hieß, er versuchte es nur. Seine Hände waren festgebunden. Sein Körper ebenfalls, aber das nahm er gar nicht wahr, denn das, was er erblickte, als er blinzelnd den Kopf wandte, war zu überraschend.

Er befand sich nicht an Bord der NAUTILUS, daran bestand gar kein Zweifel. Und Trautman und er waren nicht allein. Mike lag auf einer schmalen, sehr harten Pritsche, die in einem großen, hellen Raum stand, der nichts, aber auch gar nichts mit der NAUTILUS gemein hatte. Der Boden bestand aus festgestampftem Lehm oder Erdreich, und Wände und Decke schienen aus einer Art Bast gefertigt zu sein, die zahllose Ritzen und Spalten aufwies. Das Licht fiel nicht durch ein Fenster oder eine Tür herein, sondern sickerte durch die Bastwände, und es war ein sehr seltsames Licht – heller als das der Sonne, aber zugleich auch weicher und eher weiß als gelb. Die spärliche Einrichtung, die Mike auf den ersten Blick erkennen konnte, war aus einer Art Bambus grob zusammengezimmert und bestand nur aus ein paar Stühlen, einigen sehr unbequem aussehenden Betten und etwas, was man mit viel Fantasie als Tisch bezeichnen konnte. Juan, Chris und Trautman hockten auf drei dieser Stühle, und als Mike den Kopf wandte, erblickte er auf der anderen Seite auch Ben, André und schließlich Singh. Der Inder sah etwas mitgenommen aus und hatte einen frischen Verband um die Stirn, der wie eine Verlängerung seines Turbans ausgesehen hätte, wäre er nicht mit einem großen Blutfleck verunziert worden, schien aber ansonsten unverletzt zu sein. Von Astaroth oder gar Serena konnte er keine Spur entdecken.

»Er ist wach!«, rief Chris plötzlich. Die gemurmelten Gespräche verstummten abrupt und aller Aufmerksamkeit wandte sich Mike zu. Singh erhob sich unverzüglich von seinem Platz und eilte zu ihm.

Mike versuchte erneut, die Hände zu bewegen, und jetzt erst bemerkte er, dass er wie ein Weihnachtspaket verschnürt war.

»Wartet, Herr!«, sagte Singh hastig. »Ich binde Euch los.« Mike fasste sich in Geduld, bis der Inder die breiten Stoffstreifen gelöst hatte, die ihn hielten, und nutzte die Zeit, seinen Körper einer kurzen Inspektion zu unterziehen. Seine Hände waren so dick verbunden, dass es aussah, als trüge er weiße Fäustlinge, und sie taten erbärmlich weh, aber ansonsten schien er ebenso unversehrt wie die anderen zu sein.

Damit war die Erinnerung an die letzten Augenblicke vor seiner Ohnmacht endgültig geweckt. »Trautman!«, murmelte er. »Was ist mit –«

»Mir fehlt nichts«, unterbrach ihn Trautman rasch. »Keine Sorge. Mir geht es gut. Wesentlich besser jedenfalls als dir. Wie fühlst du dich?«

»Meinen Sie diese Frage ernst?«, knurrte Mike. Singh hatte endlich die letzte Fessel gelöst und trat von seinem Lager zurück und Mike richtete sich etwas auf. Ihm war ein bisschen schwindlig und er fühlte sich sehr schwach.

»Durchaus«, antwortete Trautman. Er schüttelte den Kopf und maß Mike mit einem Blick, der ihm selbst angesichts seiner Heldentat an Bord der NAUTILUS nicht halb so bewundernd vorkam, wie es angemessen gewesen wäre. »Was du getan hast, war ziemlich tapfer –« Mike lächelte geschmeichelt und Trautman fügte im gleichen Tonfall hinzu: »– aber auch ziemlich dumm.«

»So?«, sagte Mike kleinlaut.

»Wenn du das nächste Mal kämpfen willst«, schlug Ben vor, »vergiss nicht wieder, ein Schwert zu benutzen.«

Trautman brachte ihn mit einer Handbewegung zum Schweigen. »Im Ernst«, fuhr er fort. »Fühlst du dich gut?«

»Ja«, antwortete Mike etwas ungeduldig. »Meine Hände tun weh, aber das ist auch alles.«

»Sei froh, dass du noch Hände hast, die dir wehtun können«,

sagte Trautman ernst. »Eine Weile hatten wir ziemliche Angst um dich.«

»Habt ihr mich deshalb festgebunden?«, fragte Mike.

»Du hast geschrien und um dich geschlagen«, erklärte Trautman. »Und du hast immer wieder versucht, die Verbände herunterzureißen, sodass wir dich schließlich fesseln mussten. Du hattest ziemlich hohes Fieber.«

»Wie?«, machte Mike verständnislos. Er kramte vergeblich in seinem Gedächtnis. Wenn er all das getan hätte, dann müsste er sich doch erinnern. Außerdem konnte er doch gar nicht so lange bewusstlos gewesen sein.

Als hätte er seine Gedanken gelesen, sagte Trautman in diesem Moment: »Du warst fast zwei Tage lang bewusstlos.«

»Zwei Tage?!« Mike richtete sich erschrocken auf und fiel sofort wieder zurück, denn das Schwindelgefühl hinter seiner Stirn wurde prompt heftiger. Zwei Tage! Kein Wunder, dass er sich so schlapp fühlte. Sehr viel vorsichtiger richtete er sich ein zweites Mal auf und sah erst Trautman, dann die anderen an.

»Was ist passiert?«, fragte er. »Wo sind wir und wo ist Serena?«

»Was passiert ist, weißt du ja selbst am besten«, antwortete Trautman. Er setzte sich auf die Kante von Mikes Bett und wartete, bis die anderen ebenfalls Platz genommen hatten. »Und wo wir sind, kann ich dir leider nicht sagen. Auch Das Volk weiß nichts über diesen Ort.«

»Das Volk?«

»Die Leute, die uns gefangen genommen haben«, antwortete Trautman. »Sie nennen sich selbst Das Volk. Sie sagen, sie brauchen keinen anderen Namen. Und eigentlich haben sie auch Recht damit. Schließlich sind sie die Einzigen hier unten ... wenigstens die einzigen Menschen.«

Der letzte Satz weckte Mikes Neugier, aber Trautman sprach bereits weiter. »Serena ist bei ihnen. Keine Sorge, es geht ihr gut.«

Und da erinnerte sich Mike an den allerletzten Augenblick, bevor ihm die Sinne geschwunden waren. »Moment mal!«, sagte er. »Wieso ... wieso sind wir gefangen? Serena ist doch ... ich meine, sie haben sie doch –«

Trautman unterbrach ihn. »Die Geschichte ist nicht ganz einfach, fürchte ich. Willst du etwas zu trinken?«

Mike war sehr durstig, und so nickte er. Singh reichte ihm eine hölzerne Schale mit etwas, was er für Wasser hielt, sich aber als eine Art klarer Fruchtsaft herausstellte, der nicht nur ausgezeichnet schmeckte, sondern auch den Durst viel besser löschte, als Wasser dies getan hätte. Trotzdem leerte er auch noch eine zweite Schale, ehe er sie an Singh zurückgab und Trautman mit einem entsprechenden Blick aufforderte weiterzusprechen.

»Das Beste wird wohl sein, wenn ich dir der Reihe nach erzähle, was wir in den letzten beiden Tagen in Erfahrung gebracht haben«, sagte Trautman. »Kannst du aufstehen?«

Mike versuchte es. Er war noch ein bisschen wackelig auf den Beinen, sodass Singh ihm helfen musste, aber schon nach ein paar Schritten kehrten seine Kräfte zurück und er konnte – wenn auch mühsam – allein gehen. Trautman und die anderen eilten voraus und Chris öffnete eine Tür, die aus dem gleichen Material wie ihre gesamte Behausung bestand und sich knarrend in Angeln bewegte, die aus groben Stricken geflochten waren.

Mike war erstaunt. »Ich denke, wir sind Gefangene?«, fragte er.

»Nicht wirklich«, antwortete Ben. »Du wirst gleich erfahren, warum.«

Das Erste, was Mike sah, als sie das Haus verließen, war der Hafen. Die Basthütte lag auf einer etwa dreißig oder vierzig Meter hohen Klippe, die unmittelbar an das Wasser des halbrunden Hafenbeckens grenzen musste, denn er konnte tief unter sich die sonderbare Flotte erkennen, die sie beim Auftauchen erblickt hatten. Er sah jetzt, dass sie in Wahrheit noch viel größer war, als sie auf den ersten Blick angenommen hatten – es mussten buchstäblich Hunderte von Schiffen sein. Und unter all diesen zum Teil vertrauten, zum Teil vollkommen fremdartigen Konstruktionen erblickte er auch die NAUTILUS. Sie war mit einem gewaltigen Seil am Heck des spanischen Kriegsschiffes vertäut, von dessen Deck aus die Piraten sie angegriffen hatten, und sah aus wie ein gefangener, stählerner Riesenfisch. Dieser Anblick gab Mike einen tiefen, schmerzhaften Stich und offensichtlich spiegelten sich seine Empfindungen deutlich auf seinem Gesicht wider, denn Trautman sagte:

»Es ist nicht so schlimm, wie du vielleicht glaubst. Was dir passiert ist, war ein Unfall. Und das Gleiche gilt für Singh. Es tut ihnen auch sehr Leid. Aber das wird Denholm dir sicher noch selbst sagen.«

»Denholm?«

»Der Anführer des Volkes«, erklärte Trautman. »Du hast ihn

bereits kennen gelernt. Er war derjenige, den du ... ähm ... entwaffnet hast. Im Grunde sind es sehr freundliche Menschen.«

»Das habe ich gemerkt«, bemerkte Mike bissig.

Trautman lächelte. »Ich kann dich verstehen«, behauptete er. »Wir alle haben im ersten Moment so gedacht wie du – und das ist ja auch nicht weiter erstaunlich, nicht wahr? Aber sie haben es uns erklärt. Sie leben schon sehr lange hier unten, weißt du, und diese Art, Neuankömmlinge zu empfangen, hat sich nun einmal als die beste herausgestellt.«

»Sie zu *überfallen?*«, fragte Mike ungläubig.

»Es war kein richtiger Überfall«, antwortete Trautman. »Ist dir nicht aufgefallen, dass sie versucht haben keinen von uns zu verletzen?« Er machte eine erklärende Handbewegung zum Hafen hinunter. »Siehst du, all diese Schiffe sind auf die gleiche Weise wie wir hier heruntergekommen – sie wurden von der Qualle überfallen und hierher gebracht. Wir haben es nicht gemerkt, weil wir sowieso in einem luftdicht abgeschlossenen Schiff waren, aber das Tier hüllt seine Beute vollkommen ein, sodass die Menschen an Bord vor dem Wasser geschützt sind und nicht ertrinken müssen. Aber du kannst dir vorstellen, dass sie vollkommen verängstigt und zutiefst verstört sind, wenn sie hier ankommen. Es kam immer wieder vor, dass sie aus reiner Panik Denholms Männer angegriffen haben – weil sie glaubten, sie wären mit dem Ungeheuer im Bunde, das ihr Schiff verschlungen hatte. Es gab auf beiden Seiten Verletzte, manchmal auch Tote. Also haben sie beschlossen, alle Neuankömmlinge sofort und mit möglichst wenig Gewaltanwendung zu überwältigen und erst einmal auf diese Klippe zu bringen. Anscheinend funktioniert dieses System hervorragend – auf jeden Fall gibt es seit Jahren keine unnötigen Verluste an Menschenleben mehr.«

»Ach?«, sagte Mike übellaunig. »Und dann?«

»Später nehmen wir sie in unsere Gemeinschaft auf. Sobald sie Zeit genug gehabt haben, sich an ihre neue Situation zu gewöhnen.«

Es war nicht Trautmans Stimme, die das sagte, sondern eine fremde, und Mike drehte sich hastig herum.

Sie waren nicht mehr allein. Hinter Trautman und den anderen waren drei der zerlumpten Gestalten aufgetaucht. Zwei davon waren Mike vollkommen fremd, während ihm das Gesicht der dritten bekannt vorzukommen schien.

»Sie müssen dieser Denholm sein«, sagte er in unfreundlichem Ton.

»Stimmt«, antwortete der Fremde. »Aber es heißt: *Du* musst Denholm sein. Wir duzen uns hier unten alle. Und du bist Mike.«

Mike verzichtete auf eine Antwort, sondern blickte Denholm feindselig an. Denholm war ein sehr großer, hagerer Mann, dessen Gesicht von der gleichen, fast unnatürlichen Blässe war wie das seiner beiden Begleiter, und er war in die hier offenbar üblichen Fetzen gehüllt, die kaum mehr als Kleidung zu erkennen waren. Sein Gesicht war scharf geschnitten und hatte einen sehr energischen Zug und seinen dunklen, eng beieinander stehenden Augen schien nicht die winzigste Kleinigkeit zu entgehen. Obwohl er sehr hager war, hatte er ungemein kräftige Hände. Und trotz allem wirkte er nicht unsympathisch.

Denholm ließ Mike Zeit, ihn in aller Ruhe zu mustern, und fuhr schließlich fort: »Um deine Frage vollends zu beantworten:

Manche brauchen lange, um sich an den Gedanken zu gewöhnen, dass sie nie wieder von hier wegkönnen. Aber früher oder später akzeptieren sie es alle und dann gibt es in unserer Stadt für jeden eine offene Tür. Oder auch einen Platz, um sich ein eigenes Heim zu errichten, falls sie das wollen.«

Mike war nicht sicher, ob er wirklich verstanden hatte, was Denholm ihm damit sagen wollte – und wenn, ob er es wirklich verstehen wollte. Im Augenblick jedenfalls hatte er keine Lust, näher darauf einzugehen.

»Was habt ihr mit Serena gemacht?«, fragte er schroff. »Wo ist sie?«

Trautman sah ihn erschrocken an, aber Denholm schien ihm seinen aggressiven Ton nicht übel zu nehmen. Er lächelte. »Du meinst die Atlanterin? Keine Angst – sie ist in Sicherheit.«

»Das glaube ich erst, wenn ich sie sehe«, antwortete Mike.

»Das wirst du«, erwiderte Denholm. »Deshalb bin ich hier – unter anderem.« Aber statt diese Andeutung zu erklären, drehte er sich zu Trautman herum. »Ihr könnt uns jetzt begleiten, wenn ihr wollt. Ihr könnt euch die Stadt ansehen.«

»Gerne«, antworteten Ben und André gleichzeitig. Chris schwieg wie meistens und Trautman warf einen fragenden Blick in Mikes Richtung.

»Ich fürchte, dein hitzköpfiger junger Freund muss noch ein wenig hier bleiben«, sagte Denholm lächelnd. »Wenigstens, bis er sich ganz erholt hat – und seine Wunden einigermaßen verheilt sind.«

»Ich werde bei Euch bleiben, Herr«, sagte Singh.

»Und ich auch – wenn du es möchtest«, fügte Trautman

hinzu. Mike hätte seinen Vorschlag nur zu gerne angenommen. Schon der Gedanke, nach allem, was er gehört hatte, allein hier zurückbleiben zu sollen, trieb ihm den Angstschweiß auf die Stirn. Aber er spürte auch, wie gerne Trautman und die anderen Denholms Angebot angenommen hätten, und letztendlich wollte er auch nicht als Feigling dastehen. Also schüttelte er den Kopf.

»Geht ruhig«, sagte er. »Denholm hat Recht – ich fühle mich noch nicht sehr wohl. Und ich bin ja auch nicht allein. Singh wird schon auf mich aufpassen.«

Trautman warf ihm einen dankbaren Blick zu. »Es wird bestimmt nicht sehr lange dauern«, versprach er. »Wir beeilen uns. Einverstanden?«

»Jaja«, murmelte Mike. »Schon in Ordnung. Nun geht schon, ehe ich es mir doch noch anders überlege.«

Singh und er kehrten in die Hütte zurück, nachdem Trautman und die anderen in Denholms Begleitung gegangen waren. Mike hatte nicht einmal übertrieben, wie er selbst geglaubt hatte: Er fühlte sich tatsächlich noch sehr schwach und seine Hände begannen immer heftiger zu schmerzen, sodass er sich schon nach einigen Minuten wieder auf sein unbequemes Lager sinken ließ. Singh nahm auf einem Hocker neben ihm Platz, und nachdem er sich umständlich und mehrmals nach seinem Befinden erkundigt hatte und danach, ob er irgendetwas für ihn tun konnte, begann er Mike den Rest der Geschichte zu erzählen, die er und die anderen von Denholm erfahren hatten. Sie war nicht sehr lang – aber so fantastisch, dass es Mike schwer fiel, sie zu glauben – obwohl er den Beweis für ihre Wahrheit ja mit eigenen Augen gesehen hatte.

Das Volk lebte seit Urzeiten hier unten. Singh konnte nicht sagen, wie viele sie waren – auf diese Frage hatte Denholm beharrlich geschwiegen –, aber aus gewissen Andeutungen hatte Trautman wohl geschlossen, dass sie allerhöchstens nach Hunderten zählten, nicht nach Tausenden, und es handelte sich ausnahmslos um Nachkommen der Seefahrer, die mit ihren Schiffen hierher verschleppt worden waren. Niemand vermochte zu sagen, wann der erste Mensch in dieser unterseeischen Welt angekommen war, und niemand wusste, *warum*. Obwohl Denholms Vorfahren jahrhundertelang verbissen versucht hatten, dieses Geheimnis zu lösen, ebenso wenig konnten sie sagen, wer diese unglaubliche Stadt erschaffen hatte und zu welchem Zweck. Sie hatten sich eingerichtet, so gut es eben ging, und da es an Bord der Schiffe auch immer wieder Frauen gegeben hatte, war hier, auf dem Grund des Meeres, eine richtige kleine Gesellschaft entstanden, die nach ihren eigenen Regeln funktionierte und offensichtlich überlebensfähig war.

An diesem Punkt endete Singhs Geschichte auch schon wieder und sie ließ Mike alles andere als befriedigt zurück. Was der Inder ihm erzählt hatte, hatte viel mehr Fragen aufgeworfen als beantwortet, und es hatte auch nicht dazu beigetragen, ihn zu beruhigen. Ganz im Gegenteil. Je länger er zuhörte, desto mehr machte sich eine neue, nagende Furcht in ihm breit. »Hat Trautman schon einen Plan?«, fragte er, als Singh geendet hatte.

»Einen Plan?«, wiederholte der Inder. »Ich fürchte, ich verstehe nicht …«

»Einen Plan, wie wir hier wieder herauskommen«, antwortete Mike ungeduldig. Er richtete sich wieder auf und sah den Inder erschrocken an. »Du willst mir doch nicht erzählen, dass ihr euch damit abgefunden habt, hier zu bleiben, oder?«

»Ich ... weiß es nicht, Herr«, antwortete Singh ausweichend. »Wir haben bisher nicht darüber gesprochen.«

Mike setzte zu einer scharfen Antwort an, aber in diesem Moment hörten sie ein Geräusch von der Tür her, und Mike fand gerade noch Zeit, sich herumzudrehen, da huschte auch schon ein struppiger schwarzer Blitz herein, war mit einem einzigen Satz auf dem Bett und sprang Mike so ungestüm an, dass dieser wieder zurückfiel und sich erst einmal sekundenlang des Katers zu erwehren versuchte, der auf seiner Brust hockte und ihm wie ein liebestoller Hund mit seiner rauen Zunge das Gesicht abschleckte.

Mike! Mein dummer, kleiner Menschenfreund! Du lebst und bist gesund! Poseidon sei Dank!

Mike rang nach Atem, packte den Kater mit beiden Händen und schob ihn ein Stück weit von sich fort.

»Was ist denn in dich gefahren?«, keuchte er. »Hältst du dich für einen Dackel?«

Ich wollte mich nur bedanken, antwortete Astaroth. *Und was ist ein Dackel?*

Ehe Mike es verhindern konnte, erschien das Bild dieses Tieres in seinen Gedanken und Astaroth zog beleidigt die Nase kraus und löste sich aus seinem Griff. *Typisch Mensch*, maulte er. *Da lässt man sich einmal herab und will freundlich sein und er dankt es einem mit einer Beleidigung.*

»So war das nicht gemeint«, sagte Mike hastig. Plötzlich lachte er. »Ach, verdammt, ich bin genauso froh, dich zu sehen. Ich hatte schon Angst, dass es um dich geschehen ist.«

Wäre es auch fast, erwiderte Astaroth. *Wenn du nicht eingegriffen hättest ... Das war unbeschreiblich tapfer von dir – wenigstens für einen Menschen –*

»Danke«, sagte Mike strahlend.

– aber auch unbeschreiblich dämlich, fuhr Astaroth fort. *Seit wann greift man mit bloßen Händen nach einem scharfen Messer?* Mike seufzte. Was hatte er eigentlich erwartet?

Aber ich bin nicht nur gekommen, um mich von dir beschimpfen zu lassen, erklärte Astaroth großzügig.

»Sondern?«, fragte Mike.

Ich soll dir das Erscheinen einer hoch gestellten Persönlichkeit ankündigen, antwortete der Kater. Er hob mit einer durch und durch menschlich anmutenden Geste die rechte Vorderpfote und deutete zur Tür. *Prinzessin Serena, die rechtmäßige Herrscherin von Atlantis.*

Mike sah zur Tür – und hielt die Luft an, als das Mädchen den Raum betrat. Und vermutlich hätte er das auch ohne Astaroths bombastische Ankündigung getan, denn Serena bot einen wahrhaft atemberaubenden Anblick. Sie trug noch immer das einfache weiße Kleid, in dem er sie das erste Mal gesehen hatte, und ihr Gesicht war noch immer so bleich wie zuvor, aber damit hörte die Ähnlichkeit mit der Serena, die er kannte, auch schon auf. Statt krank und leidend sah ihr Gesicht jetzt unglaublich lebendig aus. In ihren Augen glänzte ein Feuer, wie Mike es noch nie zuvor in denen eines Menschen erblickt hatte, und das blonde Haar umfloss ihr Gesicht und ihre Schultern wie eine Löwenmähne; es schien elektrisch geladen zu sein und funkelte, wenn das Sonnenlicht darauf fiel. Ihre Bewegungen waren so elegant und grazil wie die einer Katze. Serena strahlte eine Lebendigkeit und Stärke aus, die Mike schaudern ließ. Er hatte niemals zuvor einen Menschen gesehen, der mehr Kraft zu haben schien; auf eine Weise, die nichts mit körperlicher Stärke zu tun hatte.

Und so ganz nebenbei – der *schöner* gewesen wäre.

»Danke für das Kompliment«, sagte Serena. »Aber du hast meine Mutter nicht gekannt. Gegen sie wäre ich eine hässliche Kröte. Und außerdem mag ich keine Schmeicheleien.«

Mikes Unterkiefer klappte herunter. »Du ... liest meine Gedanken?«, keuchte er.

»Selbstverständlich tue ich das«, antwortete Serena. Sie machte ein fragendes Gesicht, dann fuhr sie fort: »Oh, entschuldige – ich habe ganz vergessen, dass ihr das ja nicht mögt. Ihr seid ein seltsames Volk.«

Mike starrte sie aus ungläubig aufgerissenen Augen an, dann riss er seinen Blick mühsam von ihr los und sah den Kater vorwurfsvoll an. »Davon hast du mir nichts gesagt!«

Astaroth grinste unverschämt. *Du hast mich nie gefragt,* antwortete er. *Außerdem liebe ich Überraschungen.*

»Soll das heißen, dass ... dass *alle* Atlanter Gedanken lesen können?«, fragte Mike fassungslos.

»Das soll es heißen«, antwortete Serena an Astaroths Stelle. Ihre Stimme klang ein wenig ungeduldig. »Aber was willst du eigentlich – dich mit dem Kater unterhalten oder mit mir?«

»Mit dir selbstverständlich«, antwortete Mike hastig. »Entschuldige. Es ist so –«

»Jaja, schon gut.« Serena machte eine ungeduldige Geste. Sie kam näher. Der Stuhl, auf dem Singh saß, stand ihr im Weg, aber sie machte keinerlei Anstalten, ihm auszuweichen, und so sprang der Inder im letzten Augenblick hoch und trat beiseite. Der Blick, mit dem er Serena dabei maß, war alles andere als freundlich. Seine Gedanken wohl auch nicht, denn Serena blieb schließlich doch stehen und sah den Sikh mit gerunzelter Stirn an. Sie sagte nichts, sondern wandte sich wieder Mike zu. Aber die Art, in der sie dies tat, gefiel ihm nicht. Er hatte das Gefühl, dass Serena es einfach nicht der Mühe wert fand, sich mit Singh abzugeben.

»Astaroth hat mir erzählt, was du für mich getan hast«, sagte sie. »Und für ihn. Ich bin hergekommen, um mich dafür zu bedanken – und meine Schulden zu begleichen.«

Mike hörte die Worte kaum. Er starrte Serena unverwandt an. Je näher sie ihm kam, desto schöner erschien sie ihm. Er blickte in ihr Gesicht, und er konnte sich an dem, was er sah, einfach nicht satt sehen.

Serenas Stirnrunzeln vertiefte sich. »Wenn du noch ein bisschen weiter in die Richtung denkst, in die du gerade denkst, handelst du dir eine saftige Ohrfeige ein«, sagte sie. »Zeig mir deine Hände!«

Mike fuhr schuldbewusst zusammen, streckte aber gehorsam die Hände aus. Er wusste selbst nicht genau, woran er gerade gedacht hatte – hinter seiner Stirn purzelten die Gedanken wild durcheinande, und er hatte das Gefühl, dass er nur Unsinn reden würde, wenn er jetzt den Mund aufmachte.

»Nicht nur, wenn du den Mund aufmachst«, sagte Serena in leicht verärgertem Ton. Sie begann die Verbände von Mikes Händen zu lösen, sehr schnell, aber alles andere als zart fühlend. Nach ein paar Sekunden schon dachte Mike nicht mehr an die Schönheit Serenas, sondern raffte all seine Selbstbeherrschung zusammen, um nicht vor Schmerz aufzustöhnen.

»Was tust du da eigentlich?«, stieß er zwischen zusammengebissenen Zähnen hervor.

»Halt still und du siehst es gleich«, antwortete Serena. Sie schüttelte den Kopf. »Ihr seid ein ziemlich weinerliches Volk, wie?«

Mike ächzte – wenn auch jetzt eher vor Verblüffung als vor Schmerz. *Weinerlich?* Jetzt, wo die Verbände nicht mehr da waren, konnte er sehen, dass die Schnittwunden in seinen Handflächen bis auf die Knochen hinunterreichten. Kein Wunder, dass er um ein Haar gestorben wäre. Und Serena bezeichnete ihn als *weinerlich*, weil er Schmerzen verspürte?!

»Schmerz ist etwas, was man abschalten kann, wenn es lästig wird«, belehrte ihn Serena. »Man muss es nur wollen.«

Mike erwiderte vorsichtshalber nichts darauf. Die Unterschiede zwischen den Menschen und den Bewohnern des untergegangenen Atlantis schienen wohl größer zu sein, als er bisher angenommen hatte.

»Halt still!«, sagte Serena noch einmal. »Es hört gleich auf.«

Und dann geschah etwas ganz und gar Unheimliches. Der Schmerz in Mikes Händen erlosch auf einmal, und an seiner

Stelle machte sich ein Gefühl wohltuender Wärme breit. Mike verspürte ein sachtes Kribbeln, als liefen hundert Ameisen in Samtpantoffeln über seine Handflächen – und als Serena die Finger zurückzog und seine Hände freigab, waren die Wunden verschwunden. Nur zwei dünne rote Linien zeigten, wo sie vor einer Sekunde gewesen waren.

Fassungslos hob Mike die Hände vor das Gesicht. Auch die dünnen Narben verblassten, und es vergingen nur noch Sekunden, und seine Hände sahen so unverletzt und gesund aus, als wären sie niemals zerschnitten gewesen.

»Aber das ist doch ... unmöglich!«, flüsterte er. »Das ist Zauberei!«

Serena verzog geringschätzig die Lippen. »Das ist gar nichts«, sagte sie. »So etwas kann bei uns jedes Kind. Bei euch etwa nicht?«

Mike schüttelte den Kopf. Er war viel zu perplex, um den überheblichen Ton in Serenas Stimme wahrzunehmen. »Wie hast du das gemacht?«, flüsterte er.

»Also das kann ich dir wirklich nicht erklären«, antwortete Serena und ihr Blick schien hinzuzufügen: *Und du würdest es sowieso nicht verstehen.*

»Aber du ... du ...«, stammelte Mike, blickte auf seine auf so wunderbare Weise geheilten Hände hinunter und dann in Serenas Gesicht. Seit er vor nun mittlerweile mehr als einem halben Jahr England verlassen hatte, hatte er eine Menge Dinge erlebt, die er zuvor nicht einmal im Traum für möglich gehalten hätte. Aber das hier, das war ... ein Wunder. Ein anderes Wort dafür gab es einfach nicht.

»Was für ein Unsinn«, sagte Serena verächtlich. »Fehlt dir sonst noch etwas?«

»Nein«, sagte Mike und dachte daran, wie miserabel er sich noch immer fühlte – sein Kopf tat weh und er war so schwach und müde wie selten zuvor im Leben. Serena zog seufzend die Augenbrauen zusammen, streckte den Arm aus und legte die flache Hand auf seine Stirn.

Das Gefühl war unbeschreiblich. Serenas Hand war so kühl und schon ihre erste, flüchtige Berührung reichte, um das taube Gefühl und den Schmerz hinter seiner Stirn zu vertreiben. Nur einen Moment später konnte er regelrecht spüren, wie ein Strom neuer, pulsierender Kraft durch seinen Körper floss. Alle Müdigkeit war verschwunden und er fühlte sich von einer Sekunde auf die andere so kräftig und frisch, als hätte er wochenlang geschlafen.

Ihm blieb nicht einmal die Zeit, sein Erstaunen darüber zu äußern, da richtete sich Serena wieder auf, blickte noch kurz mit einem sonderbaren Ausdruck auf ihn hinunter und drehte sich dann ohne ein weiteres Wort herum und ging zur Tür. Erst als sie die Hütte schon beinahe verlassen hatte, überwand Mike seine Überraschung so weit, um sich mit einem Ruck aufzurichten und sie zurückzurufen.

»Serena!«

Sie blieb tatsächlich stehen und drehte sich noch einmal um. Aber sie tat es widerwillig und auf ihrem Gesicht erschien ein sehr ungeduldiger, beinahe schon ärgerlicher Ausdruck. »Was ist denn noch?«, fragte sie.

»Ich ... ich dachte, du ...«, stammelte Mike. Serenas Verhalten verwirrte ihn. »Warum willst du denn schon gehen?«, fragte er.

»Ich habe getan, wozu ich gekommen bin«, antwortete Serena. »Du hast mir geholfen und ich habe dir jetzt geholfen. Ich denke, wir sind quitt – oder?«

»Natürlich«, antwortete Mike hastig. »Ich dachte nur ... ich meine ...«

»Ja?«, fragte Serena. Ihre Ungeduld war nun nicht mehr zu übersehen.

»Ich dachte, wir könnten miteinander reden«, murmelte Mike.

»Reden? Aber worüber denn?« Serena schürzte geringschätzig die Lippen und schüttelte heftig den Kopf. »Es tut mir Leid, aber dafür habe ich jetzt wirklich keine Zeit. Wir sehen uns bestimmt später.«

Und damit ging sie, rasch und ohne ein weiteres Wort.

Mike blieb vollkommen verwirrt zurück. Er starrte die Tür an und für einen Moment musste er mit aller Macht gegen die Tränen ankämpfen, die ihm in die Augen steigen wollten. Er war ... ja, was eigentlich? Enttäuscht?

Es gelang Mike nicht, die Gefühle wirklich in Worte zu kleiden, die in ihm tobten. Es war nicht nur Enttäuschung. Es war etwas, wofür er einfach keine Bezeichnung fand, vielleicht, weil es sich um etwas handelte, was ihm bisher vollkommen fremd gewesen war. Wie lange hatte er diesen Moment herbeigesehnt, in dem Serena endlich aus ihrem todesähnlichen Schlaf erwachen und ihn das erste Mal bewusst aus ihren schönen Augen ansehen würde, den Augenblick, in dem er das erste Mal ihre Stimme hören würde? Und wie vollkommen anders war dieser Augenblick dann gewesen.

Nein, er war nicht nur enttäuscht. Was Mike in diesem Moment empfand, das ging viel tiefer und es tat viel heftiger weh, als bloße Enttäuschung es gekonnt hätte.

Es vergingen mehr als zwei Stunden, bis Trautman und die anderen zurückkehrten. Mike hatte die ganze Zeit auf seinem Bett zugebracht und die Decke über sich angestarrt. Vergeblich hatte er versucht, eine Erklärung für Serenas sonderbares Verhalten zu finden. Er nahm sich vor, Serena bei nächster Gelegenheit geradeheraus zu fragen, womit er sich ihren Zorn zugezogen hatte. Sicher war es nur ein Missverständnis.

Es konnte die aufgeregten Stimmen der anderen hören, bevor sie die Hütte betraten, und auch wenn er die Worte nicht verstand, so verriet ihm doch ihr Klang, dass sie in ausgezeichneter Stimmung waren. Was immer Denholm ihnen gezeigt hatte, es konnte nichts Unangenehmes gewesen sein. Wer weiß – vielleicht hatten sie ja bereits einen Weg gefunden, um wieder aus dieser merkwürdigen Stadt hinauszukommen. Er stand auf und zwang ein möglichst unbefangenes Lächeln auf sein Gesicht.

Trautman und die vier anderen staunten nicht schlecht, als sie die Hütte betraten und Mike, der noch vor wenigen Stunden todkrank und erschöpft auf seinem Bett gelegen hatte, ihnen fröhlich entgegenspaziert kam. Aber der Moment, auf den Mike sich am meisten gefreut hatte – nämlich der, in dem er ihnen seine vollkommen verheilten Hände präsentierte und sie eigentlich fassungslos Mund und Augen hätten aufreißen sollen, kam nicht. Trautman betrachtete seine Hände nur mit wenig Interesse, und Ben sagte ruhig: »Sie war also schon da.«

Mike begriff. Offensichtlich waren Serenas unheimliche Kräfte nur für ihn noch ein Geheimnis gewesen – aber schließlich hatten die anderen ja schon zwei Tage länger Gelegenheit gehabt, mit der Atlanterin zu sprechen und sie kennen zu lernen. Wahrscheinlich war es genau umgekehrt gewesen und Trautman und seine Freunde hatten ihm absichtlich nichts von Serenas Fähigkeiten erzählt um ihn zu überraschen. Trotzdem war er ein wenig enttäuscht.

»Und?«, fragte Ben, nachdem Mike eine Weile geschwiegen hatte. »Was hältst du von ihr? Jetzt, wo du das Vergnügen hattest, sie richtig kennen zu lernen.«

Die Art, auf die Ben diese Frage stellte, gefiel Mike nicht. Er musste sich beherrschen, um den jungen Engländer nicht anzufahren. »Sie ist ... ein bisschen sonderbar«, antwortete er ausweichend. Ben legte die Stirn in Falten und Juan und Trautman warfen sich einen viel sagenden Blick zu.

»Sonderbar, so«, wiederholte Ben. »Na, so kann man es auch nennen.«

»Sie ist bestimmt genauso verwirrt und durcheinander wie wir alle«, sagte Mike. »Immerhin hat sie jahrtausendelang geschlafen. Für sie muss das alles hier noch viel fremder und erschreckender sein als für uns.«

»Sie ist eine eingebildete Kuh«, sagte Ben ruhig.

Eine Sekunde lang starrte Mike Ben nur fassungslos an, aber dann brodelte heißer Zorn in ihm empor. »Das nimmst du zurück!«, sagte er. »Du weißt ja nicht, was du da redest!«

»Okay, die Kuh nehme ich zurück«, sagte Ben grinsend. »Überhebliche Zimtzicke trifft es sowieso besser.«

Mike musste sich beherrschen, um sich nicht auf der Stelle auf Ben zu stürzen und so lange auf ihn einzuprügeln, bis er diese Beleidigung zurücknahm. Ohne dass er es merkte, ballten sich seine Hände zu Fäusten und er sah im wahrsten Sinne des Wortes rot.

»He, ihr beiden – aufgehört!«, sagte Trautman scharf. »Reißt euch gefälligst zusammen!«

»Ich will, dass er das zurücknimmt!«, sagte Mike. Seine Stimme zitterte. »Serena ist –«

»Wir wissen, was Serena ist«, unterbrach ihn Trautman in scharfem Ton. »Sie ist ein bisschen seltsam, wie du es bezeichnet hast.« Er kam auf Mike zu, ergriff ihn am Arm und schob ihn ein paar Schritte zur Seite. »Nimm es ihnen nicht übel, Mike«, fuhr Trautman fort. War es wirklich nur Zufall, dass er plötzlich so leise sprach, dass die anderen seine Worte kaum verstehen konnten? »Serena ist wirklich ein bisschen – äh ... schwierig. Und es macht uns alle nervös, dass sie unsere Gedanken lesen kann.«

»Das tut Astaroth auch«, antwortete Mike. Er wusste selbst, wie albern dieser Vergleich war, und Trautman antwortete auch prompt:

»Das ist ein Unterschied, meinst du nicht?«

»Warum? Weil er ein Tier ist?«

»Weil er nicht ganz so rücksichtslos ist wie seine Herrin«, erwiderte Trautman. »Und weil er Geheimnisse besser für sich behalten kann. Und jetzt schlage ich vor, dass wir das Thema wechseln, einverstanden? Früher oder später werden wir uns schon an Serena gewöhnen.« Er machte eine Handbewegung, mit der er das Thema endgültig für beendet erklärte, und Mike akzeptierte dies. Er hatte das Gefühl, dass es im Moment vielleicht nicht gut war, zu sehr in Trautman zu dringen. Vielleicht würde ihm das, was Trautman tatsächlich von Serena dachte, nicht gefallen.

»Wie war es in der Stadt?«, fragte er einsilbig.

»Interessant«, antwortete Trautman, und Ben sagte im gleichen Augenblick: »Stadt? Dass ich nicht lache!«

Trautman überging den Einwurf. »Sie ist anders, als du sie dir wahrscheinlich vorstellst«, sagte er. »Morgen früh gehen wir wieder hinunter und Denholm hat mir versprochen, dass du uns dann begleiten darfst. Ich bin sicher, sie wird dir gefallen. Vor allem ihre Menschen. Sie sind ein sehr freundliches Volk.«

»Ja«, maulte Ben. »Vor allem ein sehr gastfreundliches Volk. Sie lieben Gäste so sehr, dass sie sie gar nicht wieder weglassen wollen.«

»Ben, das reicht«, sagte Trautman. »Was ist eigentlich in dich gefahren? Vor einer halben Stunde warst du noch bester Laune, und jetzt ...«

»Da dachte ich auch noch, man könnte vernünftig mit diesem verliebten Gockel reden«, antwortete Ben patzig und wies auf Mike. »Aber das war wohl ein Irrtum.« Mike wollte auffahren, aber Trautman trat mit einem raschen Schritt zwischen ihn und Ben, ergriff Mike am Arm und zog ihn mit mehr oder weniger sanfter Gewalt mit sich. Erst als sie die Hütte verlassen hatten, ließ er ihn wieder los.

»Bitte, nimm es Ben nicht übel«, sagte er. »Er ist sehr enttäuscht, weißt du? Und das ist eben seine Art, damit fertig zu werden. Du kennst ihn ja.«

»Enttäuscht?«, wiederholte Mike fragend. »Wieso?«

Trautman schwieg einen Moment. Schließlich drehte er sich herum und sah auf den Hafen herab. Sein Blick suchte die NAUTILUS und ein trauriger Ausdruck erschien auf seinem Gesicht.

»Du hast mit Serena gesprochen?«, fragte er. »Ich meine, über unsere Lage hier?«

»Nein«, gestand Mike.

Trautman lächelte bitter. »Ja, das habe ich mir gedacht. Sie wollte nicht mit dir reden, stimmt's?«

»Sie haben es auch gesagt«, antwortete Mike beinahe verzweifelt. »Sie braucht bestimmt noch eine Weile, um sich hier zurechtzufinden.«

Trautman warf ihm einen kurzen Blick zu und sah dann wieder auf den Hafen und die gefangene NAUTILUS hinab. »Hat sie dir erzählt, dass einige sie hier wie eine Göttin verehren?«, fragte er.

»Nein«, antwortete Mike. Er erinnerte sich, wie die Piraten an Bord der NAUTILUS vor dem Mädchen auf die Knie gesunken waren.

»Sie tun es«, bestätigte Trautman ohne ihn anzusehen. »Nicht alle, aber viele. Denholm gehört übrigens nicht zu ihnen. Morgen, wenn wir die Stadt besuchen, wirst du verstehen, warum das so ist.«

»Und was hat das mit Bens *Enttäuschung* zu tun?«, fragte Mike.

»Na ja, da gibt es etwas über Serena, was du noch nicht weißt«, sagte Trautman. Mike spürte, wie schwer es ihm fiel, weiterzusprechen. »Erinnerst du dich, was sie als Erstes gesagt hat, nachdem sie aufgewacht war?«

Mike schwieg. Er blickte Trautman an, und plötzlich hatte er ein sehr, sehr ungutes Gefühl.

»Was macht ihr auf meinem Schiff«, sagte Trautman. »Das war es doch, nicht?«

»Ich ... glaube schon«, antwortete Mike zögernd.

»Das hat sie nicht nur so dahingesagt«, sagte Trautman leise. »Siehst du, das Problem ist, dass es nur einen einzigen Weg gibt, von hier jemals wieder wegzukommen – und das ist die NAUTILUS.«

»Und wo ist das Problem?«, fragte Mike. »Die Riesenqualle?«

»Nein«, antwortete Trautman. »Ich denke, mit der würden wir schon irgendwie fertig. Das Problem ist Serena. So, wie es aussieht, scheint die NAUTILUS tatsächlich irgendwann einmal *ihr* gehört zu haben. Und sie ist wohl der Meinung, dass das noch so ist.«

»Was soll das heißen?«, fragte Mike alarmiert.

»Das soll heißen, dass sie nicht daran denkt, uns die NAUTILUS zu überlassen«, antwortete Trautman. »Ich habe sie gefragt. Sie hat mich schlicht ausgelacht.«

»Aber das würde ja bedeuten, dass –«, begann Mike und verstummte, ehe er den Satz zu Ende bringen konnte. Er hatte einfach nicht den Mut, die letzten Worte auszusprechen.

Trautman hatte ihn. »Du warst so etwas wie unsere letzte Hoffnung, Mike«, sagte er. »Wir haben gehofft, dass Serena mit *dir* reden würde, wenn schon nicht mit uns. Aber wenn sie das nicht tut, dann sind wir gefangen wie alle anderen. Ohne die NAUTILUS kommen wir nie wieder von hier weg.«

Es war die erste Nacht, die Mike erlebte, die im Grunde gar keine war. Neben allen anderen Überraschungen hielt die seltsame Welt auf dem Meeresgrund noch eine für ihn bereit, auf die er eigentlich gefasst hätte sein müssen, die ihn aber trotzdem im ersten Moment mehr als alles andere verblüffte: der Unterschied zwischen Tag und Nacht. Das milde weiße Licht, das aus dem Nirgendwo kam, war ja nicht das einer Sonne, die am Morgen auf- und am Abend wieder unterging, und so fiel es ihm sehr schwer, am »Abend« wie alle anderen zu Bett zu gehen und zu schlafen.

Doch dies war nicht der einzige Grund, aus dem er sich noch stundenlang auf seinem Lager herumwälzte und vergeblich darauf wartete, dass sich der Schlaf einstellte. Die Kraft, die ihm Serena gespendet hatte, hielt ihn nachhaltig wach, und selbst wenn es nicht so gewesen wäre, hätten es wohl die Gedanken getan, die sich hinter seiner Stirn im Kreise drehten. Er wollte das, was Trautman ihm erzählt hatte, nicht begreifen. Er weigerte sich einfach den Gedanken zu akzeptieren, dass sie für den Rest ihres Lebens hier unten festsitzen sollten.

Irgendwann fiel er schließlich doch in einen unruhigen, von Träumen geplagten Schlaf, aus dem ihn Singh schließlich am nächsten Morgen mit besorgtem Gesichtsausdruck weckte.

Das Frühstück, das sie allesamt in gedrückter Stimmung einnahmen, bestand aus Früchten, Fisch und dem gleichen wohlschmeckenden Saft, den er schon gestern bekommen hatte. Und sie hatten kaum fertig gegessen, da erschienen Denholm und seine beiden Begleiter wieder, um sie zu dem Besuch in der Stadt abzuholen, von dem Trautman am vergangenen Abend gesprochen hatte.

Trotz allem war Mike sehr aufgeregt. Trautmans Andeutungen hatten ihm ja so gut wie nichts über die Stadt verraten, aber er hatte ihren fantastischen Anblick nicht vergessen. Von der Klippe aus war sie nicht zu sehen, aber das lag wohl daran, dass sie auf der anderen Seite des Hügels lag, auf dem sich ihr neues Zuhause erhob. Mike brannte darauf, sie endlich kennen zu lernen.

Außerdem würde er Serena wieder sehen. Er war mittlerweile ganz sicher, dass ihr eigentümliches Verhalten von gestern nur ein Missverständnis gewesen sein konnte. Es würde sich bestimmt aufklären. Serena würde sie ganz bestimmt nicht dazu verurteilen, den Rest ihres Lebens als Gefangene auf dem Meeresgrund zu verbringen.

Er sollte enttäuscht werden – und das in jeder Beziehung.

Sie sahen die merkwürdige Riesenstadt wieder, als sie die Hütte umrundet hatten und den Hügel auf der gegenüberliegenden Seite hinunterzugehen begannen. Aus der Nähe betrachtet, wirkte sie noch unheimlicher und fremdartiger als vor drei Tagen, obwohl er noch immer keine Einzelheiten erkennen konnte. Die bizarren Türme und Gebäude blieben auch in der Nähe, was sie von weitem gewesen waren: verschwommene Schatten von sonderbar beunruhigendem Äußeren, die hinter einer Art Nebel verborgen zu sein schienen, der sich jedem direkten Blick entzog. Es war einfach so, dass das, was man ansehen wollte, immer gerade ein Stück hinter der Grenze des eben noch klar Erkennbaren zu liegen schien. Alles, was er wirklich erfassen konnte, war ein vager Eindruck von Größe, von gigantischen Mauern und noch gigantischeren Türmen und Gebäuden. Und diese Stadt war eindeutig nicht ihr Ziel. Mike begriff es erst, als sie schon fast die halbe Strecke zurückgelegt hatten. Der Weg wand sich in engen Kehren und Schleifen den Hang hinab, und allmählich gerieten die Türme und Mauern der Riesenstadt außer Sicht. Anfangs war er auch noch viel zu sehr damit beschäftigt, ihre fremdartige Umgebung zu mustern: Was er gestern für Gras und ganz normale Büsche gehalten hatte, das entpuppte sich bei näherem Hinsehen als eine Vegetation, wie es sie nirgendwo sonst auf der Erde zu geben schien – zumindest hatte Mike niemals davon gehört. Was wie Gras aussah, das erwies sich als weicher, dicht gewebter Teppich aus einer Art Algen, auf dem sich sehr angenehm gehen ließ, der sich aber auch immer ein wenig feucht anfühlte und der bei jedem Schritt merklich unter ihrem Gewicht federte. Die Büsche waren große, in bunten Farben leuchtende Korallengewächse und das Gleiche galt für die Bäume: Es waren keine Bäume, sondern riesige Seeanemonen und -rosen, die in dichten Gruppen beieinander standen und eine Art Wald bildeten, der einen Großteil des Hügels bedeckte.

An seinem Fuß schlängelte sich ein schmaler, sehr schnell fließender Bach entlang, über den eine gemauerte Brücke führte. Als Denholm und seine Begleiter sie betraten, blieb Mike stehen und deutete dorthin, wo sich die Türme der Riesenstadt über die Wipfel des Korallenwaldes erhoben. Der Weg, der an die Brücke anschloss, führte genau in die entgegengesetzte Richtung.

»Wieso gehen wir nicht dort entlang?«, fragte er.

Auch die anderen blieben stehen. Ein überraschter Ausdruck erschien auf Denholms Gesicht, als er erst ihn, dann Trautman ansah. »Du hast es ihm nicht erzählt?«, fragte er.

»Es hat sich noch keine günstige Gelegenheit dazu ergeben«, antwortete Trautman ausweichend.

Denholm sah nicht besonders begeistert drein. Aber er ging nicht auf das ein, was Trautman gesagt hatte, sondern wandte sich direkt an Mike.

»Nein, wir gehen nicht dorthin«, sagte er. »Das ist die *Alte Stadt*. Wir betreten sie nie, wenn es nicht unbedingt nötig ist. Es ist gefährlich.«

»Gefährlich?«

»Die Fischmenschen leben dort«, erklärte Denholm. »Sie sind unsere Feinde. Aber keine Angst«, fügte er schnell hinzu. »Sie kommen nur sehr selten hierher. Die *Alte Stadt* liegt auf der anderen Seite der Bucht und der Weg ist sehr weit.«

»Eure Feinde, so«, murmelte Mike, als sie weitergingen. »Gibt es da vielleicht noch ein paar Kleinigkeiten, die Sie mir noch nicht erzählt haben, Trautman?«

»Ja«, gestand Trautman, ohne ihn anzusehen. »Aber du wirst gleich alles selbst sehen. Das ist viel einfacher, als es dir zu erklären.«

Das war nicht das, was Mike hören wollte – aber er kannte Trautman auch gut genug um zu wissen, dass es das Einzige war, was er jetzt hören *würde*, und so fasste er sich in Geduld, so schwer es ihm auch fiel.

Der Weg war nicht mehr sehr weit. Auf einer Strecke von fünf oder sechs Minuten wurde der seltsame Korallenwald noch einmal so dicht, dass sie schließlich am Grunde eines in den leuchtendsten Farben schimmernden Tunnels entlangzugehen schienen, dann traten die Bäume wieder auseinander und vor ihnen breitete sich eine gut zwei Meilen messende, kreisrunde Lichtung aus, auf der Denholms Stadt lag.

Um ein Haar hätte Mike vor Enttäuschung laut aufgestöhnt.

Was Denholm in einem Anfall von Größenwahn als *Stadt* bezeichnet hatte, das war eine Ansammlung ärmlicher, primitiver Hütten, die aus Holz, Korallen, grünen Blättergewächsen, Treibholz und einer Menge anderer nur vorstellbarer abenteuerlicher Materialien zusammengesetzt war. Keine der Behausungen glich der anderen, keine war höher als ein Stockwerk und keine hatte auch nur Ähnlichkeit mit etwas, was Mike mit gutem Gewissen als *Haus* bezeichnet hätte.

»Das ist ... eure Stadt?«, fragte er zögernd.

»*Unsere* Stadt«, korrigierte ihn Denholm. »Auch ihr werdet hier leben – wenn ihr es wollt. Natürlich könnt ihr euch auch woanders ansiedeln, aber die meisten ziehen es vor, sich einen Platz hier in der Stadt zu suchen. Unsere Gemeinschaft legt großen Wert auf Zusammenhalt, musst du wissen. Aber wir zwingen niemanden.«

»Wie beruhigend«, murmelte Mike. Er wusste nicht, ob er in Tränen oder in schallendes Gelächter ausbrechen sollte. Aber er verstand jetzt, warum ihm Trautman bisher nichts von dieser *Stadt* erzählt hatte.

Offenbar hatte er sich nicht so gut in der Gewalt, wie er selbst glaubte, denn Denholm fuhr in entschuldigendem Tonfall fort: »Ich weiß, auf den ersten Blick sieht sie klein aus und ein wenig einfach. Aber du darfst dich nicht vom äußeren Anschein täuschen lassen. Wir haben hier alles, was wir brauchen – Wasser, ausreichend Nahrung und einen sicheren Platz für jeden. Und der Wald bietet uns einen besseren Schutz vor den Fischmenschen, als jede künstliche Festung es könnte. Du kannst dir alles in Ruhe ansehen und später entscheiden. Wir haben Zeit genug.«

Als sie weitergingen, erkannte Mike mehr Einzelheiten – aber wenig davon war dazu angetan, seine Stimmung zu heben. Die Stadt im Korallenwald bestand nach wie vor aus baufälligen Hütten, in denen ärmlich aussehende Menschen in zerlumpten Kleidern hausten. Das Einzige, was nicht zu diesem Eindruck zu passen schien, war die fast überschäumende Fröhlichkeit der Menschen hier: Wohin Mike auch blickte, sah er in lachende oder zumindest lächelnde Gesichter, sah er spielende Kinder und Erwachsene, die beieinander standen und sich gut gelaunt unterhielten oder ihnen fröhlich zuwinkten. Scherzworte wurden Denholm zugerufen, und aus vielen Hütten drangen fröhliche Stimmen und Gelächter. Vielleicht war es gerade der krasse Unterschied zwischen der äußeren Armseligkeit des Anblickes, den die Stadt bot, und dem fröhlichen Wesen ihrer Bewohner, der ihn so verwirrte. Auf jeden Fall behielt er das, was ihm eigentlich auf der Zunge lag, als Denholm ihn nach einer Weile fragte, wie ihm denn die Stadt nun gefiele, erst einmal für sich und rettete sich in ein verlegenes Lächeln und ein Achselzucken. Das war zwar eindeutig nicht die Art von Antwort, die Denholm hatte hören wollen, aber der Anführer des Volkes ließ sich seine Enttäuschung nicht anmerken und fuhr fort, Mike und die anderen herumzuführen und ihnen dies oder das zu erklären.

Es gab vier oder fünf Dutzend Häuser, in denen alles in allem nicht einmal dreihundert Menschen leben konnten. Und der Bach, den sie vorhin überquert hatten, floss am jenseitigen Ende der Lichtung dahin und versorgte die Menschen mit Frischwasser, und im umliegenden Korallenwald gab es Nahrung im Überfluss. Die sonderbaren Bäume trugen fremdartige, aber äußerst wohlschmeckende Früchte in solchen Mengen, dass davon auch noch die dreifache Anzahl von Menschen satt geworden wäre, und wem dies noch nicht reichte, der konnte zum Hafen hinuntergehen und dort fischen. Da es weder Jahreszeiten noch so etwas wie schlechtes Wetter gab, bestand auch keine Notwendigkeit, die Gebäude fester zu bauen, als sie es getan hatten.

Mikes Ungeduld wuchs von Minute zu Minute und es fiel ihm immer schwerer, Denholm zuzuhören. Es war nicht so, dass ihn das, was dieser ihm sagte, nicht interessiert hätte. Aber das alles war nicht die Antwort auf die Fragen, die ihm auf der Seele brannten. Und schließlich unterbrach er den Redefluss ihres Führers und stellte die Frage, die ihn am meisten bewegte:

»Wo ist Serena? Du hast gesagt, ich würde sie wiedersehen.«

Streng genommen hatte Denholm das nicht und er schien auch nicht bereit zu sein, über Serenas Aufenthaltsort Auskunft zu geben. »Ich weiß nicht, ob wir sie jetzt stören sollten«, sagte er ausweichend.

»Stören?«, fragte Mike. »Wobei?«

Denholm wich seinem Blick aus. »Trautman hat mir bereits erzählt, dass du eine ... sagen wir: besondere Verbindung zu ihr hast«, meinte er vorsichtig. »Aber weißt du, für uns ist sie auch etwas Besonderes. Etwas *ganz* Besonderes sogar.«

»Wieso?«, fragte Mike.

»Komm mit«, sagte Denholm. »Am besten, du siehst es dir selbst an.« Er wandte sich um und ging auf einen runden, halb aus Holz und Korallengewächsen, zum Teil aber auch aus Stein errichteten Bau am südlichen Ende der Lichtung zu. Das Gebäude war Mike bereits aufgefallen, aber er hatte noch keine entsprechende Frage gestellt, denn er hatte angenommen, dass Denholm ihm schon noch von sich aus erzählen würde, welche Bewandtnis es damit hatte.

Trautman, Singh und Ben folgten ihnen, während André, Juan und auch Chris sich in die entgegengesetzte Richtung aufmachten. Mike warf ihnen einen fragenden Blick nach, den Trautman lächelnd beantwortete: »Wir treffen sie später wieder. Sie gehen sicher zu Malcolm und seiner Familie.«

»Malcolm?«

Diesmal war es Denholm, der antwortete, und zwar in hörbar stolzem Ton: »Deine Kameraden haben bereits Freunde hier bei uns gefunden. Ich bin sicher, dass es dir bald ebenso ergeht.«

Mike teilte diese Zuversicht nicht im Mindesten. All diese lachenden Gesichter, die fröhlich spielenden Kinder, die freundlichen Erwachsenen ... das alles war ihm beinahe schon *zu* viel.

Aber vielleicht bin ich auch ungerecht, dachte er. Ich sollte diesen Leuten hier wenigstens eine Chance geben, meine Sympathie zu erringen.

Als sie das Gebäude betraten, konnte er im ersten Moment so gut wie gar nichts sehen. Das Dach war so weit wie alle anderen hier davon entfernt, dicht zu sein, dass das künstliche Licht der unterseeischen Welt durch zahllose Ritzen und Spalten hereindrang, aber diese Beleuchtung hatte einen sehr sonderbaren Nebeneffekt: Das Licht, das in dünnen Streifen und Bahnen von der Decke strömte, zerschnitt den Raum in ein ungleichmäßiges Schachbrettmuster aus Hell und Dunkel, in dem Mike im ersten Moment überhaupt nichts erkannte. Erst als Denholm an ihm vorbeiging und ihn mit einer Geste aufforderte, ihm zu folgen, begann aus den Schatten Umrisse zu werden. Es war kein Wohnhaus, kein Gebäude für *Menschen*, sondern wohl viel mehr eine Art Lager. Mike erkannte eine Anzahl großer Kisten und Schränke, und an der Wand neben der Tür stand sogar eine uralte Glasvitrine, die wohl wie das meiste hier aus einem der gestrandeten Schiffe stammen musste.

»Dies hier ist unser ...« Denholm zögerte, und ehe er weitersprach, stahl sich ein flüchtiges Lächeln auf seine Lippen. »*Museum*, wenn du so willst. Wir haben in diesem Raum alles zusammengetragen, worauf sich unser Wissen über die ursprünglichen Bewohner dieser Welt stützt.«

Die Worte weckten Mikes Neugier, und so trat er an die gläserne Vitrine heran und betrachtete ihren Inhalt. Es war eine Enttäuschung. Was dort sorgsam auf kleinen blauen und roten Samtkissen ausgelegt war, das kam ihm auf den ersten Blick wie ein sinnloses Sammelsurium aus Stein- und Metallsplittern, aus verbogenen Trümmern und mit sinnlosem Gekrakel bedeckten Papierfetzen vor.

»Es ist nicht viel«, sagte Denholm. »Die ersten Menschen, die hier herunterkamen, fanden diese Welt fast so vor, wie du sie auch heute noch siehst. Vor uns müssen andere hier gewesen sein, aber sie haben nicht viel hinterlassen. Das da ist alles, was wir im Laufe der Jahrhunderte von ihnen gefunden haben.« Er machte eine ausholende Geste, die die Vitrine und das halbe Dutzend Truhen und Kisten einschloss, und Mike trat von dem Glasschrank zurück und begutachtete der Reihe nach auch den Inhalt der anderen Behältnisse. Es gab etwas, was an einen verbeulten und fast bis zur Unkenntlichkeit verrosteten Taucherhelm erinnerte, wie sie sie auch an Bord der NAUTILUS hatten, ein paar Fetzen eines seltsam metallisch schimmernden Stoffes und noch das eine oder andere, das ihm vage bekannt vorkam. Das allermeiste jedoch ergab für ihn weder einen Sinn, noch schien es in irgendeiner Weise interessant – und wirkte schon gar nicht wie die Hinterlassenschaft eines Volkes, das mächtig genug gewesen sein musste, diese künstliche Welt am Grunde des Meeres zu schaffen.

»Und was«, begann er zögernd, »hat das alles mit Serena zu tun?«

Denholm lächelte. Er wies auf die hintere Wand des Gebäudes, die Einzige, die aus gemauertem Stein bestand. Der Vorhang aus Licht und Schatten entzog sie noch immer Mikes Blicken, aber auf Denholms Aufforderung hin trat er langsam darauf zu.

Jetzt erlebte er wirklich eine Überraschung. Was ihm auf den ersten Blick wie die willkürlichen Unebenheiten der steinernen Oberfläche vorgekommen war, das entpuppte sich bei näherem Hinsehen als ein gewaltiges, mit großer Kunstfertigkeit in die zwei Meter hohe und sicherlich dreimal so breite Wand hineingemeißeltes Relief. Er sah Bilder von Menschen und Tieren, einige davon vertraut, andere aber so fremdartig und erschreckend, dass er sich weigerte zu glauben, dass es irgendwo auf dieser Welt Wesen wie die hier abgebildeten geben konnte, Bilder von Städten und Gebäuden, von Maschinen und Fahrzeugen, von Schiffen. Und dieses gewaltige Relief war mehr als nur ein beeindruckendes Kunstwerk. Es erzählte eine Geschichte. Und auch, wenn er sie nicht wirklich zu verstehen imstande war, so begriff er doch ihre Bedeutung.

Vielleicht, weil er vieles von dem, was er da vor sich hatte, kannte. Er hatte nichts davon jemals wirklich gesehen und trotzdem war ihm das allerwenigste fremd.

Der Gedanke war so verwirrend, dass ihm im ersten Moment schwindelte. Wie konnte er sich an etwas erinnern, was er niemals gesehen hatte? Und als wäre dieser Gedanke ein Auslöser gewesen, begriff er plötzlich, dass das nicht stimmte. Er *hatte* diese Dinge schon einmal gesehen, nicht mit seinen eigenen Augen, aber in den Visionen, die ihn geplagt hatten, als er im Fieber lag und Astaroths Träume teilte. Was das Bild zeigte, das ähnelte verblüffend dem, was ihm der Geist des Katers über das versunkene Atlantis gezeigt hatte.

Zwei Dinge erregten seine besondere Aufmerksamkeit. Das eine war etwas, was er zuerst für die ungeschickte Abbildung eines großen Fisches hielt, bis es ihm wie Schuppen von den Augen fiel und ihm klar wurde, wieso ihm die schlanken Linien, die mächtige, kantige Schwanzflosse und der gezackte Speer an seinem vorderen Ende so vertraut vorkamen. Das Bild zeigte die NAUTILUS; oder zumindest ein Schiff, das ihr zum Verwechseln ähnlich sah. Aber noch ehe er aus dem Erstaunen heraus war, gewahrte er eine zweite Darstellung, die ihm noch viel vertrauter vorkam und bei deren Anblick er erschrocken zusammenfuhr.

Eine der menschlichen Figuren war übergroß. Sie befand sich genau in der Mitte des Bildes und sie zeigte eine schlanke Frauengestalt in einem langen, fließenden Gewand und mit schulterlangem, gelocktem Haar – und mit Serenas Gesicht!

»Aber das ist doch nicht möglich!«, murmelte er.

»Dieser große Stein stand bereits hier, als die ersten unserer Vorfahren eintrafen«, sagte Denholm. Er hatte die Stimme zu einem fast ehrfürchtig klingenden Flüstern gesenkt. »Niemand weiß, wer ihn hier aufgestellt hat und warum. Aber die Geschichte, die er erzählt, ist die des Volkes, das all das hier erschaffen hat.«

Mike starrte immer noch fassungslos die gemeißelte Gestalt an. Es war nicht Serena, das erkannte er jetzt. Das Bild zeigte eine erwachsene Frau, kein Mädchen von nicht ganz fünfzehn Jahren – und trotzdem trug sie so zweifelsfrei Serenas Züge, als hätte die atlantische Prinzessin dem unbekannten Künstler dieses Bildes Modell gestanden.

»Das ... das ist fantastisch«, flüsterte Mike, und obwohl es ihm immer noch nicht gelang, den Blick von dem Relief zu lösen, sah er doch aus den Augenwinkeln, wie Denholm den Kopf schüttelte.

»Es ist mehr als das«, sagte er. »Es ist vielleicht der Grund, aus dem wir hier leben können.«

Mike riss sich von dem Bild los und – sah Denholm verständnislos an. »Wie meinst du das?«

Denholm blickte ihn, dann die anderen, die ihnen gefolgt, jedoch vor der Tür stehen geblieben waren, sehr ernst und eindringlich an. »Glaubt bitte nicht, dass ich nicht weiß, wie ihr euch fühlt«, sagte er. »Ihr seid sehr tapfer und versucht, es euch nicht anmerken zu lassen, doch in Wahrheit seid ihr zutiefst verzweifelt. Ich weiß es, weil es jedem so ergeht, der hier herunterkommt. Niemand kann je wieder von hier fort, wisst ihr? Diese Welt bietet uns alles, was wir zum Überleben brauchen, aber sie ist auch ein Gefängnis. Und es ergeht allen, die hierher kommen, so wie euch.«

Mike wollte widersprechen, doch Denholm brachte ihn mit einer energischen Geste zum Verstummen. »Ich habe die Welt, aus der ihr stammt, nie selbst gesehen«, sagte er, »denn ich bin hier unten geboren worden. Doch ich kenne sie aus den Erzählungen derer, die vor euch kamen, gut genug um zu wissen, wie euch das alles hier erscheinen muss. Doch ihr findet hier andere Menschen vor, Menschen, die euch helfen. Aber die allerersten unserer Vorfahren, die hierher gelangten, waren allein. Sie hatten niemanden, der ihnen half, niemanden, der sie aufnahm und ihr Freund sein wollte. Sie fanden sich gestrandet und eingesperrt an einem Ort, aus dem kein Weg wieder hinausführt. Vielleicht hätten sie es nicht geschafft, zu überleben und all dies hier zu errichten, ohne dies.« Er wies auf das Bild, und Mikes Blick folgte der Geste. Erneut nahm ihn das Relief und vor allem die weibliche Gestalt in seiner Mitte sofort gefangen.

»Es ist die Geschichte, die dieses Bild erzählt, die uns Kraft gab«, fuhr Denholm fort. »Die Geschichte eines Volkes wie wir, das hierher kam und all diese Wunder erschuf und das wieder verschwand, lange bevor der Erste von uns diesen Boden betrat. Aber wir haben immer gewusst, dass sie eines Tages zurückkehren würden. Es war dieses Wissen, das unseren Vorfahren die Kraft gab, zu überleben.«

Es fiel Mike schwer, Denholms Worten zu folgen. Er blickte die Frau mit Serenas Gesicht an, und ihm schossen Hunderte von möglichen Erklärungen für das eigentlich Unmögliche durch den Kopf, eine fantastischer als die andere. Und er erinnerte sich wieder daran, wie die Männer an Bord der NAUTILUS vor Serena auf die Knie gesunken waren, und als er begriff, warum sie es getan hatten, da überlief ihn ein eisiges Frösteln.

»Du meinst, deine Leute ...« Er hatte Hemmungen, die Worte auszusprechen. »... deine Leute *beten* Serena an?«

Denholm lächelte. »Nein«, sagte er. »Das sicher nicht. Doch wir haben stets gehofft, dass die, die diese Welt einst erschaffen haben, eines Tages zurückkehren würden. Einige von uns glauben, dass dieser Tag nun gekommen ist. Und damit das Ende unserer Gefangenschaft.«

Die besondere Formulierung entging Mike nicht. »Einige?«, wiederholte er. »Du nicht?«

Denholm antwortete nicht gleich, und als er es tat, da sah er nicht Mike, sondern das Bild an. »Ich weiß es nicht«, gestand er.

»Ich habe nie wirklich darüber nachgedacht, weißt du? Vielleicht ... vielleicht weil ich Angst vor der Antwort habe.«

Mike konnte das sehr gut verstehen. Er glaubte Denholm, wenn er sagte, dass dieses Bild und die Hoffnung, die es versinnbildlichte, den Menschen hier unten über ungezählte Jahrhunderte hinweg Kraft gegeben hatten. Aber ein Symbol, so mächtig es auch war, vermochte nur Kraft zu spenden, solange es ein Symbol blieb. Die Kraft der Träume erlosch, wenn sie wahr wurden. Wovor Denholm Angst hatte, das war der Zweifel. Solange dieses Bild ein Bild und die Geschichte, die es erzählte, nichts als eine Geschichte gewesen war, hatte es den Menschen hier immer wieder neue Kraft und Hoffnung gegeben. Nun aber war das in Stein gemeißelte Versprechen wahr geworden. Und damit verwundbar.

Von draußen drangen plötzlich aufgeregte Rufe herein. Denholm fuhr erschrocken zusammen und drehte sich herum, und auch Mike wandte den Kopf und sah zur Tür. Die Stimmen wurden lauter und einen Moment später stürzte ein Mann herein. Er musste über eine weite Strecke gerannt sein, denn sein Atem ging so schnell, dass er Mühe hatte, überhaupt zu sprechen.

»Schnell!«, keuchte er. »Die Fischmenschen! Sie waren unten am Strand und haben die Männer überfallen, die zum Angeln gehen wollten!«

Mike und die anderen folgten Denholm, als dieser aus dem Haus stürmte und mit weit ausgreifenden Schritten den Platz zu überqueren begann. Sie hatten das Dorf jedoch noch nicht hinter sich zurückgelassen, als ihnen vom Waldrand her eine

Gruppe von sechs, sieben Männern entgegenkam. Sie waren sehr aufgeregt und einige schienen verletzt zu sein, wenn auch nicht sehr schwer, denn sie konnten aus eigener Kraft laufen. Zwei von ihnen zerrten eine sich heftig wehrende, hoch gewachsene Gestalt zwischen sich mit, bei deren Anblick Mike ein eisiger Schauer über den Rücken lief. »Das muss einer von diesen Fischmenschen sein!«, sagte Ben aufgeregt. »Kommt – das sehen wir uns genauer an!«

Aber daraus wurde nichts. Denholm hatte Bens Worte gehört und machte plötzlich eine rasche, befehlende Geste und wie aus dem Nichts erschienen vier, fünf Mitglieder des Volkes, die Mike und den anderen den Weg vertraten. Ben wollte mit seinem üblichen Ungestüm einfach weiterlaufen, aber einer der Männer ergriff ihn am Arm und hielt ihn mit sanfter, aber nachdrücklicher Gewalt zurück.

»He, was soll das?«, protestierte Ben.

»Bleibt zurück«, erwiderte Denholm. »Die Fischmenschen sind sehr gefährlich.«

Das glaubte ihm Mike aufs Wort. Sie waren noch gut zwanzig Meter von der Gruppe entfernt, die aus dem Wald herausgekommen war, und auf dem Stück dazwischen drängten sich immer mehr Männer und Frauen, sodass Mike den Fischmenschen nicht in allen Einzelheiten erkennen konnte. Aber was er sah, das reichte vollkommen, um ihn mit einem Gefühl erschrockener Ehrfurcht zu erfüllen.

Denholm hatte die Fischmenschen ja schon vorher erwähnt, doch Mike hatte gar nicht weiter über diese Worte nachgedacht, sondern es einfach für einen Namen gehalten, so wie sich Denholms Leute das »Volk« nannten. Aber das stimmte nicht. Der Fischmensch war tatsächlich nur zum Teil ein menschliches Wesen. Er war sehr groß, sicher zwei Meter, wenn nicht mehr, dabei aber von so zartem Wuchs, dass er schon wieder zerbrechlich wirkte, und seine Haut bestand aus kleinen, in einem sonderbar metallischen Grün glänzenden Schuppen, tatsächlich wie die eines Fisches. Er hatte kein Haar und keine sichtbare Nase, dafür aber einen übergroßen Mund mit dicken, wulstigen Lippen und kinderfaustgroße Augen, deren Blick hinter durchsichtigen Lidern hervor angstvoll über die drohend gestikulierenden Gestalten tastete, die ihn umgaben. In der Mitte seiner Stirn begann ein handbreiter Zackenkamm, der sich über seinen Schädel bis in den Nacken herab und weiter über seinen Rücken hinunter zog. Mike konnte seine Hände nicht erkennen, aber er war ziemlich sicher, dass er Schwimmhäute zwischen den Fingern hatte.

»Was für ein Ungeheuer!«, sagte Ben. Seine Stimme bebte, und sowohl darin als auch in seinem Blick war etwas, was Mike nicht gefiel. Auch er spürte ein unbehagliches Frösteln beim Anblick des bizarren Wesens, aber ihm kam es nicht wie ein Ungeheuer vor. Nur sehr fremd und sehr verängstigt. Trotz der Entfernung konnte er die Furcht, die das Wesen erfüllte, deutlich spüren. Er versuchte sich vorzustellen, wie es umgekehrt gewesen wäre – hätte er sich an der Stelle dieses Geschöpfes befunden und wäre von einem Dutzend erschreckend aussehender Kreaturen verschleppt worden.

»Was habt ihr mit ihm vor?«, fragte Trautman.

»Nichts. Keine Sorge.« Denholm drehte sich herum und ging

auf die Männer zu, die die schuppige Gestalt in ihrer Mitte hielten. »Was ist passiert?«, fragte er.

»Wir waren unten am Strand um zu angeln«, antwortete der Mann. »Fisch für das große Fest heute Abend. Sie tauchten plötzlich auf. Zwei oder drei aus dem Wald und zwei direkt aus dem Wasser.«

»Sie haben euch angegriffen?«, fragte Denholm.

Der Mann zögerte mit seiner Antwort; gerade lange genug, um seinen Worten so viel von ihrer Glaubwürdigkeit zu nehmen, dass Mike – und wohl auch Denholm – misstrauisch blieben. »Wir hätten keine Chance gegen sie gehabt, wären die anderen nicht aufgetaucht«, sagte er und deutete auf eine zweite, etwas kleinere Gruppe von Männern, die hinter der ersten aus dem Wald herausgetreten war. »Als sie sie sahen, haben sie die Flucht ergriffen. Aber diesen einen hier konnten wir überwältigen.«

Das war nicht unbedingt eine Antwort auf Denholms Frage, fand Mike. Denholm schien das wohl ebenso zu sehen, denn sein Gesicht verdüsterte sich noch mehr. Aber er beharrte nicht weiter auf diesem Punkt, sondern sah den Fischmenschen sehr nachdenklich an. Schließlich schüttelte er den Kopf und seufzte tief. »Das gefällt mir nicht«, sagte er. »Ihr hättet ihn nicht herbringen dürfen. Schafft ihn ins Museum. Und bewacht ihn gut. Ich werde entscheiden, was wir mit ihm machen.«

Während die Männer den Gefangenen fortbrachten und sich der Rest der Menge rasch zu zerstreuen begann, trat Mike auf Denholm zu. »Was bedeutet das alles?«, fragte er. »Was ist das für ein Geschöpf?«

Denholm machte eine abwehrende Handbewegung. »Dazu ist jetzt keine Zeit«, sagte er. »Das können dir deine Freunde erzählen. Jetzt habe ich Wichtigeres zu tun.« Er wandte sich an Trautman. »Geht zu Malcolm und seiner Familie, dort wird man sich um euch kümmern. Ich komme später nach. Sobald wir entschieden haben, was jetzt zu tun ist.«

Mike wollte protestieren, aber Denholm wandte sich um und ging mit raschen Schritten davon. Mike blickte ihm enttäuscht hinterher. Denholm hatte ihm versprochen, all seine Fragen zu beantworten, aber der bisherige Verlauf des Tages hatte wesentlich mehr Fragen aufgeworfen als beantwortet. Und er hatte ihm etwas gezeigt, was ihn sehr erschreckte, auch wenn er es bereits geahnt hatte. Denholms Welt war nicht das kleine, aber sichere Paradies, als das dieser es ihm zu beschreiben versucht hatte.

»Gehen wir zu Malcolm«, sagte Trautman nervös. »André und Chris warten sicher schon auf uns.«

Mike hatte im Grunde wenig Lust, jetzt einen Höflichkeitsbesuch zu machen. Aber in Trautmans Stimme war auch ein drängender Ton gewesen, der ihm klarmachte, dass dies nicht der Moment für lange Diskussionen war, also folgte er ihm und den drei anderen wortlos.

Ihr Ziel war ein Haus ganz in der Nähe des Museums, das nun zu einem Gefängnis umfunktioniert worden war, wie die beiden grimmig dreinblickenden und mit langen Knüppeln bewaffneten Männer eindeutig bewiesen, die rechts und links der Tür Aufstellung genommen hatten. Das Haus war ein wenig größer als die meisten anderen Gebäude, und es sah nicht ganz so heruntergekommen und primitiv aus wie diese. So hatte es zum Beispiel eine richtige Tür, kein aus Schilfrohr und Korallen improvisiertes Etwas, die offensichtlich von einem der Schiffe unten im Hafen stammte und sich knarrend in groben, aus Holz geschnitzten Angeln bewegte. Trautman öffnete sie, ohne anzuklopfen, und sie betraten einen kleinen, aber behaglichen Raum, der anders als das Museum ein festes Dach und sogar ein richtiges Fenster hatte, sodass das Licht direkt hereinfiel. Wie die Haustür stammten die Möbelstücke im Inneren des Hauses ganz offensichtlich von einem Schiff; besser gesagt von mehreren, wie die unterschiedlichen Stilrichtungen und das sichtbar unterschiedliche Alter der einzelnen Stücke bewiesen.

André und Chris saßen zusammen mit einem vielleicht zwölfjährigen blonden Mädchen an einem großen Tisch unter dem Fenster, auf dem eine reichhaltige Mahlzeit aufgetragen worden war, während Malcolm und seine Frau, wahrscheinlich angelockt durch das Geräusch der Tür, gerade in diesem Moment aus einem angrenzenden Raum herauskamen.

Malcolms Gesicht zeigte die gleiche Blässe wie das aller Menschen hier unten, aber er war ordentlich frisiert und trug einen streng ausrasierten, kurz geschnittenen Vollbart. Und er war auch nicht in Lumpen gekleidet, sondern trug eine dunkelblaue Kapitänsuniform, die zwar schon sehr alt sein musste, sich aber in tadellosem Zustand befand.

Malcolm begrüßte Trautman, Singh und die beiden anderen Jungen mit einem flüchtigen, aber sehr warmen Lächeln, ehe er auf Mike zutrat und ihm die Hand entgegenstreckte.

»Du bist also Mike«, sagte Malcolm. »Deine Freunde haben mir schon eine Menge über dich erzählt. Ich freue mich, dich selbst kennen zu lernen.«

Malcolms Händedruck war kräftig und warm und sein Lächeln offen und freundlich. »Das ist meine Frau Jennifer und dort drüben am Tisch sitzt meine Tochter Sarah«, fuhr Malcolm mit einer entsprechenden Geste fort. »Warum gehst du nicht hin und begrüßt sie? Sie brennt schon darauf, sich mit dir zu unterhalten.«

Vor einem Augenblick noch hatte Malcolm Mike gesagt, wie sehr er sich freute, ihn zu sehen, und nun schickte er ihn praktisch fort – und der Blick, den er dabei mit Trautman tauschte, war beredt genug um Mike klarzumachen, dass er und der Steuermann der NAUTILUS wohl etwas zu besprechen hatten, was vielleicht nicht für seine Ohren bestimmt war. In Mike wuchs die Überzeugung, dass Trautman und die anderen ihm irgendetwas sehr Wesentliches verschwiegen. Er nahm sich vor, Trautman bei nächster Gelegenheit zur Rede zu stellen. Jetzt wandte er sich um und ging gehorsam zu dem Tisch am Fenster. Während er es tat, verschwanden Malcolm, Trautman und einen kurzen Augenblick später auch Singh im angrenzenden Zimmer.

Malcolms Tochter sah ihm mit einem herzlichen Lächeln entgegen. Sie hatte große Ähnlichkeit mit ihrer Mutter und so wie diese und auch ihr Vater war sie nicht auf die hier unten anscheinend allgemein übliche Weise gekleidet, sondern trug ein rüschenbesetztes Kleid, dem man ansah, dass es ursprünglich für einen Erwachsenen gedacht und mühsam (und nicht besonders geschickt) auf die passende Größe zurechtgestutzt worden war.

»Ihr glaubt nicht, was gerade draußen passiert ist«, begann Ben aufgeregt, während Mike sich einen Stuhl heranzog und setzte.

André wies mit der Hand zum Fenster. »Wir haben alles gesehen«, sagte er.

Ben blinzelte. »Auch das Ungeheuer?«

»Wenn du den Fischmenschen meinst – ja«, erwiderte Sarah. Sie lächelte noch immer, aber der tadelnde Ton, in dem sie diese Worte sagte, war nicht zu überhören. Ben legte die Stirn in Falten, ging aber nicht weiter darauf ein.

»Es scheint euch ja nicht besonders zu interessieren.«

»Mein Vater wird später mit Denholm sprechen«, erwiderte Sarah. »Er war sehr zornig, aber er meint, es wäre besser, ein wenig zu warten.« Sie drehte den Kopf und sah aus dem Fenster, und Mike folgte ihrem Blick. Man konnte von hier aus nicht nur den gesamten Platz, sondern auch das Gebäude sehen, in dem der Gefangene untergebracht war. Zu den beiden Wachen vor der Tür hatten sich zwei weitere Männer gesellt, und es begannen jetzt immer mehr Menschen herbeizuströmen. Sie waren zu weit entfernt, als dass Mike ihre Gesichter erkennen oder gar verstehen konnte, was sie sagten, aber er spürte deutlich, dass von der vorhin noch so fröhlichen Stimmung nichts mehr geblieben war. Die Menge wirkte erregt, ja fast aufgebracht.

»Diese Fischmenschen«, fragte er, »was sind das für Geschöpfe? Woher kommen sie und was wollen sie von euch?«

»Niemand weiß wirklich, wer die Fischmenschen sind«, antwortete Sarah. »Sie leben drüben in der Alten Stadt, aber auch unten im Meer.«

»Und sie sind eure Feinde?«, fragte Mike.

Sarah zögerte mit der Antwort. »Ich glaube, ja«, sagte sie schließlich.

»Du *glaubst?*«

Das Mädchen hob die Schultern. Plötzlich wirkte sie merkwürdig hilflos. »Sie sind schon so lange hier, wie dieser Ort besteht. Manche glauben, dass sie schon vor den Menschen hier waren. Wir treffen sie selten. Manchmal tauchen sie unten im Hafen auf und versuchen eines der Schiffe zu plündern, aber im Allgemeinen gehen sie uns aus dem Weg, so wie wir ihnen. Es heißt, dass es einmal einen Krieg zwischen uns und ihnen gegeben haben soll, aber niemand weiß heute noch, ob das stimmt.«

»Aber die Männer erzählten, dass sie vorhin unten am Strand gewe–«, begann Mike, aber Sarah unterbrach ihn, indem sie die Hand hob und ein paar Mal den Kopf schüttelte.

»Das fragst du am besten meinen Vater«, sagte sie. »In den letzten Tagen ist ... einiges geschehen. Vieles hat sich geändert.« *Und nicht unbedingt zum Guten*, fügte ihr Blick hinzu. Dann zwang sie sich zu einem Lächeln und wechselte das Thema. »Aber jetzt bist du dran, zu antworten. André hat mir schon so viel von dir erzählt, dass ich es kaum noch abwarten konnte, dich kennen zu lernen. Das Schiff, mit dem ihr gekommen seid – kann es tatsächlich unter Wasser fahren?«

Ohne eine Sonne, die sich am Himmel bewegte, war es schwer, das Verstreichen der Zeit zu messen, aber Mike schätzte, dass sie länger als zwei Stunden dasaßen und redeten. Sarah erwies sich als sehr ungeduldige Zuhörerin, denn sie stellte unentwegt neue Fragen und ließ ihm kaum Zeit, sie zu beantworten, ehe sie ihn auch schon wieder unterbrach und etwas anderes wissen wollte. Am Anfang ging Mike dies auf die Nerven – eigentlich war er hierher gekommen, um Fragen zu stellen, nicht um welche zu beantworten. Aber er begriff bald, dass das, was er zu erzählen hatte, für das Mädchen ungleich faszinierender sein musste als das, was er bisher von ihrer Welt gesehen hatte. Er fand kaum Gelegenheit, selbst eine Frage zu stellen, aber er erfuhr immerhin, dass Sarah – ebenso wie ihre Eltern – nicht mit einem Schiff hierher gekommen, sondern hier unten geboren war. Sie hatte zeit ihres Lebens niemals etwas anderes gesehen als diesen Ort, den Korallenwald und den schmalen, hügeligen Streifen, der diese Hälfte der unterseeischen Welt von der trennte, in der die Alte Stadt lag und die den Fischmenschen gehörte.

Sie hatte niemals mehr als diese wenigen Dutzend Menschen getroffen und sie hatte niemals den Himmel gesehen. Sie wusste weder, was das Wort »Nacht« bedeutete, noch was Wolken waren, Regen, Schnee oder Kälte. Und so musste jedes Wort, das Mike erzählte, völlig neu und faszinierend für sie sein. Obwohl sie das allermeiste von dem, was er von der Welt über dem Meer und ihren Bewohnern zu berichten hatte, sicher schon von André und den anderen gehört hatte, hingen ihre Blicke wie gebannt an seinen Lippen, und er konnte regelrecht spüren, wie sie jedes Wort wie einen kostbaren Schatz aufnahm, um ihn tief in sich für den Rest ihres Lebens zu bewahren.

Sosehr es Mike auch freute, mit dem Mädchen zu reden und ihre schier unstillbare Neugier zu befriedigen, erfüllte ihn das Gespräch doch bald mit Unbehagen und schließlich mit Trauer. Denn obwohl Sarah es nicht sagte – und ihm auch kaum Gelegenheit gab, selbst eine entsprechende Frage zu stellen –, wurde ihm wieder deutlich, was all diese Menschen hier unten waren: nichts anderes als Gefangene. Denholm – und seltsamerweise auch Trautman – hatte versucht, diese Welt unter dem Meer als so etwas wie ein kleines Paradies darzustellen, dessen Bewohner in Frieden und sorglos leben konnten. Aber diese Behauptung hatte ja nicht einmal Mikes erstem, noch flüchtigem Hinsehen standgehalten.

Schließlich hörte Mike auf zu erzählen, und obwohl er Sarah deutlich ansehen konnte, wie sehr sie dies bedauerte, versuchte sie nicht, ihn zum Weiterreden zu bewegen, sondern kuschelte sich nur eng an Andrés Schulter und schloss für einen Moment die Augen. Auf Andrés Gesicht breitete sich ein leises, aber sehr warmes Lächeln aus. Mit einer ganz selbstverständlichen Bewegung legte er den Arm um die Schulter des Mädchens und hielt sie fest und erst in diesem Moment begriff Mike wirklich, was Malcolm gemeint hatte, als er sagte, André könne ja schon einmal zu seinen Freunden gehen.

André war von allen Besatzungsmitgliedern der NAUTILUS – sah man einmal von Singh ab, der ohnehin nur sprach, wenn es unumgänglich war – vielleicht das schweigsamste. Mike hatte sich darüber niemals Gedanken gemacht, sondern es als ganz selbstverständlich hingenommen, aber nun fragte er sich, ob André eigentlich wirklich glücklich gewesen war während all der Monate, die sie sich an Bord der NAUTILUS befanden. Jetzt war er es, das hätte selbst ein Blinder gesehen. Und Sarah auch. Die beiden mussten sich sehr gerne haben.

Der Gedanke gab Mike einen tiefen, schmerzhaften Stich. Es war nicht etwa Eifersucht oder Neid – er gönnte den beiden ihr Glück und er freute sich für André, der sich in Sarahs Nähe so offensichtlich wohl fühlte. Aber zugleich dachte er auch an Serena, für die er dasselbe empfand wie André für Malcolms Tochter, auch wenn er sich das bisher nicht hatte eingestehen wollen, und plötzlich war es ihm fast unerträglich, die beiden weiter anzusehen. Mit einem plötzlichen Ruck stand er auf und fragte in ungeduldigem Ton: »Wie lange wollen wir eigentlich noch hier herumsitzen und die Zeit vertrödeln? Ich will jetzt zu Serena.«

»Das geht nicht«, antwortete Juan. »Malcolm will –«

»– sowieso zu ihr«, ertönte Malcolms Stimme von der Tür her. »Ich muss mit Denholm reden und wahrscheinlich ist er wieder bei ihr.«

Malcolm, Trautman und dann auch Singh betraten das Zimmer. Mike drehte sich zu ihnen herum.

»Dann begleite ich dich«, sagte er zu Malcolm.

»Das ist vielleicht keine so gute Idee«, sagte Trautman, aber Malcolm unterbrach ihn mit einem Kopfschütteln. »Warum nicht? Ich habe nichts dagegen. Ihr könnt alle mitkommen, wenn ihr möchtet.«

»Nein«, sagte Trautman. »Ich bin ... ein wenig müde. Ich würde am liebsten zurück ins Haus auf der Klippe gehen. Was ist mit euch?«

Die Frage galt Juan, Ben und Chris, die einhellig nickten. Nur André fügte hinzu: »Ich bleibe noch hier, wenn ich darf. Ich komme dann später zusammen mit Mike nach.«

»Ihr müsst nicht zurück dorthin«, sagte Malcolm. »Das Haus ist nur für Neuankömmlinge gedacht. Ihr könnt hier in der Stadt bleiben, gleich jetzt, wenn ihr wollt.«

»Vielleicht ... später«, antwortete Trautman. »Morgen oder übermorgen. Aber wir brauchen noch ein paar Tage, denke ich.«

Malcolm wirkte enttäuscht, versuchte aber nicht noch einmal, Trautman und die anderen zum Bleiben zu überreden. Auch Mike war überrascht – so gemütlich war die zugige Hütte auf der Klippe nun wieder nicht, dass er besonders wild darauf gewesen wäre, noch eine oder zwei weitere Nächte dort zu verbringen. Erneut hatte er das Gefühl, dass mit Trautman und den anderen irgendetwas nicht stimmte. Dass sie ihm etwas verheimlichten. Aber er schob den Gedanken auch diesmal beiseite. Allein die Aussicht, nun endlich mit Serena sprechen zu können, hob seine Laune bereits wieder merklich. Er war sicher, nun mit ein paar Worten das Missverständnis von gestern aus der Welt schaffen zu können.

Mike hatte ganz automatisch damit gerechnet, dass Singh ihm folgen würde, denn der Inder ließ ihn normalerweise keinen Schritt tun, ohne ihn zu begleiten – was Mike manchmal ziemlich auf die Nerven ging, aber der Sikh nahm seine Aufgabe als Leibwächter nun einmal ernst. Aber zu seiner Überraschung blieb auch Singh bei Trautman und den anderen zurück. Mike war es allerdings nur recht. Was er mit Serena zu besprechen hatte, das ging auch den Inder nichts an. Aber er wunderte sich doch ein bisschen über den plötzlichen Sinneswandel seines Leibwächters.

Serena bewohnte eines der größten Gebäude der Stadt, das sich nahe des Waldrandes am gegenüberliegenden Rand der Lichtung erhob. Zwei mit altertümlichen Vorderladern bewaffnete Männer hielten vor der Tür Wache, traten aber beiseite, als Malcolm und Mike sich näherten. Dabei zögerten sie einen winzigen Moment, gerade lange genug, um Mike merken zu lassen, dass sie nicht ganz sicher waren, ob sie sie nun passieren lassen sollten oder nicht.

Im Inneren des Gebäudes war es so dunkel, dass er im ersten Moment kaum etwas sah. Dafür hörte er sofort die aufgeregten Stimmen von zwei oder drei Männern, die offenbar miteinander stritten. Bevor er jedoch auch nur ein Wort verstehen konnte, flitzte ein schwarzer Schatten auf ihn zu und sprang ihn mit solcher Wucht an, dass er rückwärts taumelte und wahrscheinlich gestürzt wäre, hätte Malcolm nicht schnell die Hand ausgestreckt und ihn gehalten. Mike griff instinktiv zu und hielt das schwarze Fellbündel fest, das sich mit spitzen Klauen in seine Brust gekrallt hatte – und schnurrend den Kopf an seinem Gesicht rieb.

»Astaroth!«, keuchte er. »Würdest du ... freundlicherweise ... die Krallen ... aus meiner Haut nehmen?«

Der Kater gehorchte allerdings nicht sofort und er machte auch keine Anstalten, von Mikes Arm herunterzuspringen, sondern kuschelte sich ganz im Gegenteil gemächlich in seiner Armbeuge zusammen.

Schön, dich endlich wieder zu sehen, sagte Astaroths lautlose Stimme in Mikes Gedanken. *Ich habe schon gedacht, du kommst gar nicht mehr.*

Mike war ziemlich überrascht. Dass Astaroth ihn mochte, war kein Geheimnis – aber der Kater war normalerweise viel zu stolz, um sich seine Gefühle – noch dazu für einen Menschen! – so deutlich anmerken zu lassen.

»Stimmt irgendwas nicht?«, fragte Mike.

Astaroth blickte ihn aus seinem einzigen Auge scharf an. *Da freut man sich, dich wieder zu sehen, und du witterst gleich wieder Lug und Trug,* sagte er beleidigt. *Typisch Mensch! Aber was habe ich eigentlich erwartet?*

Mike grinste flüchtig. Er war wohl doch etwas zu misstrauisch gewesen. Das war ganz der alte, knurrige Astaroth, wie er ihn kannte und mochte. Mit einem Unterschied: Der Kater machte auch jetzt keine Anstalten, wieder zu Boden zu springen, sondern drehte sich auf den Rücken und begann wohlig zu schnurren, sodass Mike ihn wie ein Baby in der Armbeuge trug, als er Malcolm folgte, der mittlerweile weitergegangen war.

Er kam jedoch nur einen Schritt weit, denn er gewahrte abermals eine Bewegung aus den Augenwinkeln und blieb wieder stehen.

Mike riss überrascht die Augen auf, als er sah, was da vor ihm aufgetaucht war.

Es war eine Katze, ein wenig kleiner als Astaroth und von viel schlankerem Wuchs. Ihr Fell war etwas länger als das einer normalen Katze und so flauschig, dass sich in ihrer Ahnenreihe wohl irgendwo eine Angorakatze verbergen musste. Sie war schwarzweiß gemustert und ihr Gesicht erinnerte an das eines Harlekins: weiß mit schwarz umrandeten Augen und einem schwarzen Fleck auf dem Kinn. Sie schien von Mikes Anblick ebenso überrascht zu sein wie er von ihrem, denn sie blieb mitten in der Bewegung stehen und wich dann einen Schritt zurück. Ihr Schwanz bewegte sich nervös.

»Hallo!«, sagte Mike überrascht. »Wer bist du denn?« Er ließ sich in die Hocke sinken und streckte die freie Hand nach der Katze aus, aber diese wich einen weiteren Schritt vor ihm zurück. Der Blick ihrer großen, leuchtend grünen Augen verfolgte misstrauisch jede von Mikes Bewegungen.

Jedenfalls war es das, was er im ersten Moment glaubte – bis ihm klar wurde, dass die Katze in Wahrheit wohl eher Astaroth anstarrte, nicht ihn.

»Ihr beide habt euch wohl schon angefreundet, wie?«, fragte er lächelnd. »Du brauchst keine Angst vor mir zu haben, Kleine. Astaroth und ich sind Freunde, weißt du?«

Er streckte wieder die Hand nach der Katze aus, aber sie reagierte darauf nur mit einem warnenden Fauchen.

»He!«, sagte Mike. »Was ist los? Du fürchtest dich doch nicht etwa vor mir?«

Sag mal – sehe ich das richtig, dass du dich gerade mit einer Katze unterhältst?, fragte Astaroth spöttisch. *Anscheinend hast du doch mehr abbekommen, als ich dachte.*

Mike warf dem Kater, den er auf dem Arm hatte und der sich darüber mokierte, dass er sich mit einer Katze unterhielt, einen ärgerlichen Blick zu, stand aber hastig auf und ging weiter. Er sah aus den Augenwinkeln, dass die schwarzweiße Katze ihm folgte, konzentrierte sich aber wieder auf die Stimmen, die aus dem Raum vor ihm drangen. Sie hatten bei Malcolms Eintreten nur einen Moment gestockt, sprachen aber jetzt noch lauter weiter. Und was Mike sah, als er ebenfalls den Raum betrat, das ließ ihn jeden Gedanken an den Kater auf der Stelle vergessen. Denholm, Malcolm und zwei weitere Männer standen sich wie Kampfhähne gegenüber. Es sah aus, als würden sie sich jeden Moment aufeinander stürzen wollen.

»... völlig verrückt!«, sagte Denholm gerade. »Die Fischmenschen sind unsere Feinde! Das sind sie schon immer gewesen, solange es Menschen hier gibt! Man kann nicht mit ihnen reden!«

»Und woher willst du das wissen?«, fragte Malcolm in kaum weniger scharfem Ton. »Bisher hat es niemand versucht, oder?« Er schüttelte heftig den Kopf. »Das einzig Verrückte hier ist, den Fischmenschen dazubehalten! Wir müssen ihn freilassen, und zwar auf der Stelle!«

»Damit er mit seinen Brüdern und Schwestern zurückkommt und sie uns angreifen?«, gab Denholm zornig zurück. »Das heute Morgen am Strand –«

»War eine riesige Dummheit«, unterbrach ihn Malcolm. Er deutete auf einen der Männer, die neben Denholm standen. »Du solltest *ihn* bestrafen! Wir leben seit Jahren in Frieden mit den Fischmenschen. Das wird sich jetzt vielleicht ändern, nur weil dieser Hitzkopf geglaubt hat, den Helden spielen zu müssen!«

»Wir haben uns nur gewehrt!«, verteidigte sich der Mann.

»Gewehrt?« Malcolm lachte. »Wer soll das glauben? Zwölf Männer gegen drei Fischmenschen, das nenne ich nicht gewehrt! Sie haben euch ja nicht einmal angegriffen!«

»Natürlich haben sie das!«, protestierte der andere. »Sie sind plötzlich aus dem Meer aufgetaucht –«

»– und sofort mit Kriegsgeheul über euch hergefallen, wie? Immer einer gegen drei von euch, nehme ich an.« Malcolms Stimme troff vor Hohn. »Willst du das wirklich behaupten?«

Diesmal zögerte der andere einen Moment, zu antworten. Als er es tat, wich er Malcolms Blick aus und seine Hände spielten nervös mit dem zerfransten Strick, den er anstelle eines Gürtels um die Hüften trug. »Nicht direkt«, gestand er, fügte aber nach einer Sekunde in fast trotzigem Ton hinzu: »Aber warum sollten sie sonst gekommen sein? Sie wissen genau, dass diese Seite der Bucht uns gehört, und kommen normalerweise nie hierher!«

»Eben!«, sagte Malcolm zornig. »Ist dir vielleicht der Gedanke gekommen, dass sie sich möglicherweise nur verirrt haben oder Hilfe brauchten?« Er wartete die Antwort des anderen nicht ab, sondern fuhr in bitterem Ton fort: »Du Narr hast vielleicht unseren Untergang heraufbeschworen! Wenn sie ihn vorher nicht hatten – jetzt haben sie einen Grund, uns anzugreifen!«

»Das genügt!«, unterbrach ihn eine scharfe, helle Mädchenstimme. Eine Gestalt löste sich aus dem Schatten im Hintergrund des Raumes und Mike erkannte Serena, die bisher offenbar wortlos dabeigestanden und dem Streit zugehört hatte.

Der Anblick verschlug Mike schier die Sprache. Serena trug

nicht mehr das einfache, weiße Gewand, sondern ein prachtvolles, mit goldenen und silbernen Stickereien verziertes Kleid, das aussah, als wäre es für eine Königin gemacht worden und das wahrscheinlich von einem der Schiffe unten im Hafen stammte. Dazu hatte sie ein prachtvolles Kollier um den Hals, das ihr etwas Majestätisches verlieh. Er hatte niemals, in seinem ganzen Leben nicht, ein schöneres Mädchen gesehen.

So etwas solltest du nicht zu laut denken, warnte ihn Astaroth. *Sie mag das nicht besonders.*

Mike dachte an seine letzte Begegnung mit Serena zurück und nahm sich vor, die Warnung des Katers zu beherzigen. Aber Serena war wohl im Moment ohnehin viel zu sehr damit beschäftigt, sich in den Streit zwischen Denholm und Malcolm einzumischen, als dass sie seine Gedanken hätte lesen wollen.

»Ich habe mir das jetzt lange genug mit angehört!«, sagte sie. »Wie könnt ihr in meiner Gegenwart einen solchen Ton anschlagen?«

Malcolm fuhr zusammen, sagte aber nichts, während sich Denholm mit einem Ruck zu dem Mädchen herumdrehte. In seinem Gesicht tobte ein lautloser Kampf. Aber nach einer Sekunde senkte er demütig das Haupt und flüsterte: »Verzeiht, Herrin.«

Herrin?, dachte Mike überrascht. *Was geht hier vor?*

»Nein, ich verzeihe nicht!«, sagte Serena hochmütig. Ihre Augen blitzten. »Niemand wagt es, in meiner Gegenwart so zu reden!« Sie wandte sich Malcolm zu und ihr Gesicht verdüsterte sich vor Zorn. »Und du? Was fällt dir ein, diese tapferen Männer anzugreifen? Sie haben genau das Richtige getan! Sollten sie etwa abwarten, bis diese Ungeheuer hierher kommen und uns überfallen?«

Mike sah eine Bewegung aus den Augenwinkeln und drehte sich halb herum, aber es war nur die schwarzweiße Katze, die hinter ihm den Raum betreten hatte und Astaroth und ihn aufmerksam ansah. Der Kater regte sich auf seinem Arm, aber nicht, um zu Boden zu springen. Stattdessen kletterte er mit einer raschen Bewegung (unter Zuhilfenahme sämtlicher Krallen) auf Mikes Schulter hinauf und begann es sich dort bequem zu machen. Da er gute zehn oder zwölf Pfund wiegen musste, war dies für Mike allerdings alles andere als angenehm.

»Verzeiht, Sere–«, begann Malcolm, biss sich auf die Unterlippe und setzte noch einmal neu an: »Verzeiht, Herrin, aber ich glaube nicht, dass Ihr wirklich versteht, worum es geht. Wir leben seit Jahrhunderten mit den Fischmenschen in Frieden und –«

»Unsinn!«, unterbrach ihn Serena. »Mit diesen Kreaturen kann man nicht in Frieden leben. Vielleicht haben sie euch bisher nicht angegriffen, aber dann nur, weil der Moment nicht günstig war. Oder sie glaubten euch nicht fürchten zu müssen. Aber das wird sich nun ändern.« Sie schüttelte seufzend den Kopf. »Ich glaube, es war wirklich an der Zeit, dass ich hergekommen bin.«

»Ihr irrt Euch, Herrin«, antwortete Malcolm – in einem Ton, der dem Wort der Herrin seinen Sinn nahm. Denholm warf ihm einen warnenden Blick zu, aber Malcolm ignorierte ihn und fuhr fort: »Ich will Euch nicht zu nahe treten, aber wir leben seit Jahrhunderten hier unten, während Ihr erst seit wenigen Tagen hier seid und nicht wissen könnt –«

»Ich weiß genug«, unterbrach ihn Serena. »Auf jeden Fall genug um zu begreifen, dass ihr nichts als eine Bande von Feiglingen seid. Ihr habt euch mit den Fischmenschen arrangiert, scheint mir. Aber damit ist es nun vorbei.«

Es fiel Malcolm sichtbar schwer, die Beherrschung zu bewahren. Mike wunderte sich, dass es ihm noch gelang – die Situation erschien ihm geradezu absurd. Malcolm war ein erwachsener Mann und Serena sprach in einem Ton mit ihm, als wäre er ihr Sklave. »Ja, wir haben uns arrangiert«, sagte er. »Es war das Einzige, was uns blieb, müsst Ihr wissen. Am Anfang führten wir Krieg mit ihnen. Viele von uns sind dabei gestorben und viele von ihnen auch. Aber wir haben begriffen, dass das nur zu unserem Untergang führen konnte. Und sie wohl auch. Diese Welt ist groß genug für uns beide. Sie leben auf ihrer Seite der Bucht und wir auf unserer. Aber wenn wir den Gefangenen nicht freilassen, dann wird die alte Feindschaft wieder aufflammen.«

»Und wenn!«, antwortete Serena. »Lasst sie nur kommen! Wir werden sie schlagen, und wenn es sein muss, dann werde ich es sogar ganz allein tun! Ihr seid doch nichts als erbärmliche Feiglinge!«

Malcolm wurde blass. Er sagte nichts, aber das war auch nicht notwendig. Seine Gedanken blieben Serena nicht verborgen.

Ihre Augen weiteten sich und ihr Gesicht verlor jede Farbe. »Was ... was erdreistest du dich?«, keuchte sie. »Weißt du überhaupt, wer ich bin? Weißt du, was ich bin?« Sie machte eine weit ausholende Handbewegung und trat herausfordernd auf den viel größeren und weit älteren Mann zu.

»Das alles hier gehört *mir!*«, sagte sie. »Diese Stadt und dieser Hafen wurden von *meinen* Vorfahren erbaut! Meine Mutter war die Königin dieses Landes und mein Vater sein König!«

»Das mag sein«, antwortete Malcolm ruhig. »Aber es ist lange her und –«

»Zu lange, scheint mir!«, fiel ihm Serena ins Wort. »Ihr scheint vergessen zu haben, dass ihr nichts als Gäste hier seid! *Ich* bin die rechtmäßige Herrscherin über diese Stadt und ihr habt meinen Befehlen zu gehorchen! Und ich sage euch, dass wir mit diesen Ungeheuern aufräumen werden!«

»Serena!«, sagte Mike. Eine innere Stimme warnte ihn, dass es vielleicht besser war, sich nicht einzumischen, aber er war viel zu überrascht und viel zu entsetzt über das, was er erlebt hatte, um sich zurückzuhalten.

Serena fuhr mit einem Ruck zu ihm herum. In ihren Augen blitzte es zornig, aber ihre Stimme klang eher belustigt, als sie antwortete: »Ach, unser kleiner Held ist ja auch da.« Ihr Blick ließ den Mikes los und fixierte den Kater auf seiner Schulter. »Und du?«, fragte sie. »Habe ich dir nicht gesagt, du sollst in meiner Nähe bleiben? Komm sofort hierher!«

Astaroth sprang tatsächlich gehorsam von Mikes Schulter herunter und trottete zu Serena hinüber, aber Mike hatte das Gefühl, dass er es sehr unwillig tat. Die schwarzweiße Katze lief an ihm vorbei und versuchte Astaroth zu folgen, aber Serena verscheuchte sie mit einer Handbewegung, ehe sie sich wieder zu Denholm und den anderen herumdrehte.

»Der Gefangene bleibt, wo er ist«, sagte sie entschieden. »Ich werde bis morgen früh beschließen, was mit ihm zu geschehen hat.«

Malcolm versuchte ein letztes Mal, an Serenas Vernunft zu appellieren. »Bitte, tu das nicht!«, sagte er beschwörend. »Die Folgen könnten unabsehbar –«

»Das reicht!«, unterbrach ihn Serena. »Du wagst es, dich meinen Befehlen zu widersetzen? Gut, du hast es nicht anders gewollt! Nehmt ihn gefangen und schafft ihn weg!«

Die Worte galten Denholm und seinen Begleitern. Aber die Männer zögerten, dem Befehl zu gehorchen. Erst als Denholm – wenn auch mit sichtlichem Widerwillen – nickte, traten sie neben Malcolm und ergriffen ihn an den Armen.

Malcolm riss sich mit einer Armbewegung los. »Das ist nicht nötig«, sagte er zornig. »Ich begleite euch freiwillig. Und ich bin euch auch nicht böse. Schließlich gehorcht ihr nur den Befehlen eurer Herrin.«

»Ja, das tun sie«, sagte Serena. »Anders als du, du Dummkopf. Und über das, was du gerade gedacht hast«, fügte sie hinzu, »reden wir später.«

Mike beobachtete vollkommen fassungslos, was sich vor seinen Augen abspielte. Denholm wandte sich wieder an Serena.

»Verzeiht, Herrin«, sagte er. »Es ist nicht so, dass ich Eure Befehle anzweifle, aber Malcolm ist einer der unseren. Er ist sehr angesehen und er hat viele Freunde. Vielleicht ist es nicht so klug –«

»Was klug ist und was nicht, entscheide ich«, unterbrach ihn Serena. »Willst du dich mir vielleicht widersetzen?«

Wenn Mike den Ausdruck auf Denholms Gesicht richtig deutete, dann stand er tatsächlich kurz davor, ganz genau das zu tun. Aber schließlich beließ er es bei einem angedeuteten Kopfschütteln und gab den beiden Männern mit einer Geste zu verstehen, dass sie gehorchen sollten. Sie taten es, aber sie ergriffen Malcolm nicht wieder, sondern warteten ab, bis er ihnen aus freien Stücken folgte.

»Gut«, sagte Serena. »Dann geh jetzt auch und kümmere dich darum, dass der Gefangene gut bewacht wird. Ich werde später mit ihm reden. – Und du?« Sie wandte sich zu Mike um und sah ihn mit Erstaunen an. »Was willst du noch hier?«

»Ich ... ich wollte ... mit dir reden«, stotterte Mike.

Serenas linke Augenbraue rutschte ein Stück nach oben. »Reden?«, wiederholte sie. »Ich wüsste nicht, was wir noch Wichtiges zu bereden hätten.«

»Aber ich –«

»Ich habe im Moment wirklich keine Zeit, um mich mit dir abzugeben«, unterbrach ihn Serena kühl. Sie machte eine ungeduldige Bewegung mit der Hand. »Geh zu deinen Freunden zurück. Ihr werdet doch sicher die eine oder andere nützliche Beschäftigung finden, bis ich entschieden habe, was mit euch geschieht, oder?«

Du solltest besser tun, was sie sagt, sagte Astaroths lautlose Stimme in seinen Gedanken. Serena war das nicht entgangen. Sie blickte den Kater ärgerlich an und Astaroth hatte es plötzlich sehr eilig, sich in irgendeinem Winkel zu verkriechen. Mike registrierte beiläufig, dass die schwarzweiße Katze neugierig in Astaroths Richtung sah, es aber nicht wagte, sich ihm zu nähern

– vielleicht, weil sie dazu dicht an Serena vorübermusste, die offenbar wenig für Katzen übrig hatte, nicht für ihre eigene, geschweige denn für eine fremde.

»Worauf wartest du noch?«, fragte Serena. »Soll ich dich erst hinauswerfen lassen?«

Mike musste plötzlich mit aller Macht gegen die Tränen ankämpfen, die ihm in die Augen steigen wollten. Eine Sekunde lang blickte er Serena traurig an, dann drehte er sich mit einem Ruck herum und lief so schnell aus dem Haus, dass es schon einer Flucht gleichkam.

Mike war so sehr mit seinen eigenen Gedanken und Grübeleien beschäftigt, dass er ganz vergaß, zu Malcolms Haus zurückzugehen, wo er ja mit André verabredet war. Lange irrte er durch den Ort und den umliegenden Wald und es war wohl am Ende nichts weiter als Zufall, der seine Schritte wieder zurück zu dem Haus auf der Klippe lenkte, in dem Trautman und die anderen bereits auf ihn warteten.

Was er bei seinem Eintreten sah, das hob seine Laune auch nicht. Trautman, Ben, Chris, Juan und Singh saßen an dem niedrigen Tisch beisammen und redeten, aber als sie ihn bemerkten, verstummten sie abrupt. Trautman und Singh ließen sich nichts anmerken, aber Chris senkte betreten den Blick und auch Juan sah ihn nicht an. Einzig Ben blickte ihm entgegen, aber nicht auf seine sonst so direkte Art. Die drei Jungen schienen das verkörperte schlechte Gewissen zu sein.

Mike hatte nun keine Lust mehr, darüber hinwegzugehen. Was er mit Serena erlebt hatte, war schlimm genug. Er würde es nun nicht mehr hinnehmen, dass ihn auch seine Freunde hintergingen. Aber bevor er eine entsprechende Frage stellen konnte, kam ihm Ben zuvor.

»Nun?«, sagte er in fast fröhlichem Ton. »Wie war dein Rendezvous mit unserer kleinen Prinzessin?«

Mike antwortete nicht. Bens Ton ärgerte ihn, aber die Frage versetzte ihm auch einen tiefen, körperlich schmerzenden Stich.

»Nicht besonders erfreulich, wie?«, fuhr Ben fort. Er lachte. »Ja, ja, sie ist ein richtiges Herzchen, nicht wahr?«

Allmählich reichte es Mike. »Sprich nicht so über sie!«, sagte er scharf. »Sie ist –«

»– nicht das, was du erwartet hast«, unterbrach ihn Trautman.

Mike drehte sich mit einem Ruck zu ihm herum. Für eine Sekunde brodelte heißer Zorn in ihm empor und er war nahe daran, Trautman anzuschreien – aber dann sah er etwas in dessen Augen, was ihn allen Zorn auf der Stelle vergessen und sich seiner eigenen Unbeherrschtheit schämen ließ: ein tiefes, ehrlich empfundenes Mitgefühl, das frei von jedem Spott und jeglicher Schadenfreude war. Plötzlich begriff er, dass er nahe daran gewesen war, sich nicht anders zu benehmen als Serena vorhin Denholm gegenüber.

»Ich ... weiß nicht«, gestand er unsicher. »Sie ist ... so völlig anders, als ich dachte.«

»Ich kann verstehen, was du fühlst«, sagte Trautman. »Uns allen erging es nicht anders, auch wenn wir nicht so von Serena fasziniert waren wie du. Und vielleicht waren wir auch alle ein bisschen zu naiv. Immerhin ist sie die Tochter eines Königs, der unvorstellbar mächtig gewesen sein muss.«

»Deswegen braucht sie sich nicht so anmaßend aufzuführen«, knurrte Ben.

Trautman lächelte verzeihend. »Ich bin sicher, sie meint es nicht so«, sagte er. Er machte eine weit ausholende Handbewegung. »Denkt daran, dass ihre Vorfahren all das hier erschaffen haben. Und vielleicht noch viel mehr. Wir wissen nicht viel über das Volk der Atlanter, aber ich komme mehr und mehr zu der Überzeugung, dass sie weiter entwickelt waren als wir.«

»Etwas wie die NAUTILUS können wir jedenfalls bis heute nicht bauen«, pflichtete ihm Juan bei, aber Ben schnaubte nur abfällig.

»Das ist doch immer noch kein Grund, sich so zu benehmen«, sagte er.

»Natürlich nicht«, sagte Trautman. »Aber ich glaube nicht, dass sie es böse meint. Ich glaube, dass sie nicht einmal weiß, wie ihr Benehmen auf andere wirkt. Für sie ist das wahrscheinlich alles ganz selbstverständlich.«

»Was?«, fragte Ben. »Vorlaut, unhöflich und herrschsüchtig zu sein?«

»Sich wie jemand zu gebärden, der die absolute Macht besitzt«, verbesserte ihn Trautman. »Sie ist so erzogen worden, verstehst du, Ben? Ihre Eltern waren absolute Herrscher, die von ihren Untertanen wahrscheinlich wie Götter verehrt wurden. Vermutlich ist ihr vom ersten Tag an jeder Wunsch von den Augen abgelesen worden. Sie weiß gar nicht, was es bedeutet, Widerspruch zu hören oder die Entscheidung eines anderen zu akzeptieren.«

»Dann wird es Zeit, dass sie es lernt«, stellte Ben fest.

Sein Tonfall begann Mike nun doch wieder zu ärgern, aber er beherrschte sich und fügte mit einem Nicken hinzu: »Vielleicht sollte man es ihr wirklich erklären. Sie braucht möglicherweise mehr Zeit, um sich in unserer Welt zurechtzufinden.«

Trautman lächelte. »Das ist das Problem an der Sache, Mike. Streng genommen ist das hier nicht unsere Welt, sondern vielmehr ihre. Und ich fürchte, sie glaubt tatsächlich, dass sie ihr gehört.«

Mike dachte an die hässliche Szene zurück, deren Zeuge er geworden war. Trautman war mit seiner Vermutung der Wahrheit näher gekommen, als er selbst ahnte. »Denholm und die anderen werden das nicht hinnehmen«, sagte er. »Früher oder später wird sie lernen müssen, dass sie keine Königin mehr ist.«

»Nein, das denke ich nicht«, sagte Trautman.

»Wieso?«, fragte Mike beunruhigt.

»Nun, du hast erlebt, wie schnell sie deine Verletzungen geheilt hat«, antwortete Trautman. »Und erinnere dich, was sie auf der LEOPOLD getan hat. Serena verfügt über magische Kräfte.«

»Ich weiß«, antwortete Mike. »Und?« Er riss ungläubig die Augen auf. »Sie glauben doch nicht, dass sie sie gegen diese Leute hier einsetzen würde?«

»Ich fürchte doch«, sagte Trautman in ernstem Ton. »Ich fürchte sogar, sie hat es schon getan. Natürlich nicht so dramatisch wie auf der LEOPOLD, aber eindringlich genug, um zu demonstrieren, dass es nicht viel Sinn hätte, sich gegen sie zu stellen.«

»Das glaube ich nicht!«, sagte Mike überzeugt. Trautman

würde ihn nie belügen, aber er weigerte sich zu glauben, was er hörte. Serena mochte ein wenig eigensinnig sein, aber sie würde doch niemals diesen Menschen hier etwas zuleide tun!

Er setzte dazu an, Trautman zu antworten, doch bevor er auch nur ein Wort herausbekam, hörte er einen so gellenden Hilfeschrei, dass er erschrocken in die Höhe sprang. Trautman und die anderen blickten alarmiert auf.

»Was ist los?«, fragte Trautman. »Was hast du?«

»Was ich habe?« Mike starrte Trautman ungläubig an. »Aber ... aber habt ihr es denn nicht gehört?«

»Was?«, fragte Ben.

»Den Schrei!«, antwortete Mike. »Jemand hat um Hilfe gerufen!«

Niemand antwortete, aber das war auch nicht nötig – ein einziger Blick in die Gesichter der anderen machte Mike sofort klar, dass er der Einzige war, der den Hilferuf gehört hatte.

Genau in diesem Moment hörte er ihn wieder. Und jetzt begriff er, dass dieser Schrei nirgendwo anders als direkt in seinem Kopf ertönte!

»Astaroth!«, keuchte er. »Das ist Astaroth!« Ehe einer der anderen reagieren konnte, fuhr er schon herum und rannte auf die Tür zu.

Es war eine fast getreuliche Wiederholung der Szene von vorhin. Astaroth raste durch die Tür herein, kurz bevor Mike sie erreichte, stieß sich mit einem gewaltigen Satz ab und prallte so heftig gegen Mike, dass dieser rückwärts taumelte und nun wirklich auf dem Hosenboden landete, denn diesmal war niemand da, der ihn auffangen konnte. Der Kater krallte sich auch jetzt genauso heftig in Mikes Brust, kletterte unverzüglich an ihm empor und sprang schließlich auf seine Schultern.

Hilf mir!, schrie seine Stimme in Mikes Gedanken. *Rette mich vor dieser Verrückten!*

Einen Moment später erschien der Verfolger, vor dem Astaroth sich so wild in Mikes Arme geflüchtet hatte, unter der Tür – und es war niemand anders als die schwarzweiße Katze. Sie wich auch jetzt erschrocken zurück, als sie Mike erkannte, aber dann kam sie langsam, aber deutlich mutiger geworden näher.

Astaroth fauchte warnend. Die Katze blieb stehen, musterte erst ihn und dann Mike aus ihren großen, schönen Augen und setzte ihren Weg dann fort.

Jag sie weg! kreischte Astaroth, der einer Panik nahe schien. *Scheuch dieses Ungeheuer fort!*

Mike tat ihm tatsächlich den Gefallen, wenn auch nicht mit besonders viel Nachdruck. Er wedelte mit der Hand, und die Katze machte zwei Schritte rückwärts, blieb aber dann wieder stehen.

Jag sie weg!, lamentierte Astaroth. *Ich denke, du bist mein Freund! Dann hilf mir auch!*

Allmählich wurde Mike die Sache zu dumm. Mit mehr oder weniger sanfter Gewalt bugsierte er Astaroth von seiner Schulter herunter und setzte ihn vor sich auf den Boden. »Was zum Teufel ist hier überhaupt los?«, fragte er scharf.

Was los ist?, antwortete Astaroth in schon fast hysterischem Ton. *Das fragst du noch? Sieh doch hin, dann siehst du, was los ist! Diese Verrückte verfolgt mich, seit wir hierher gekommen sind!*

Und erst jetzt begriff Mike wirklich. Das »Ungeheuer«, das Astaroth verfolgte, war nichts anderes als eine rollige Katze, die dem Kater nachstellte. Dass Astaroth kein normales Tier war, konnte die arme kleine Katze schließlich nicht wissen.

Sie versuchte auch jetzt wieder sich Astaroth zu nähern und sie schien wirklich großes Interesse an dem Kater zu haben, denn als Mike diesmal versuchte, sie mit einer Handbewegung zu verscheuchen, schlug sie blitzartig mit den Krallen nach ihm, sodass er sich einen blutigen Kratzer quer über den Handrücken einhandelte. Mike zog mit einem Fluch die Hand zurück, und Trautman griff rasch nach der Katze, nahm sie auf den Schoß und hielt sie mit einer Hand fest, während er sie mit der anderen zwischen den Ohren zu kraulen begann. In seinen Augen stand ein schwaches Lächeln. Offensichtlich hatte er die Situation viel schneller begriffen als Mike, ohne dass er dazu eigens mit dem Kater reden musste.

Ben ebenso offensichtlich nicht, denn er fragte in völlig verständnislosem Ton: »Könnte mir jemand erklären, was hier los ist?«

»Nichts«, sagte Trautman rasch. »Astaroth hat nur mit den Tücken der Natur zu kämpfen.«

Den Tücken der Natur?, keifte Astaroths lautlose Gedankenstimme in Mikes Kopf. *Diese Bekloppte nennt er die Tücken der Natur? Menschen!*

»Ist ja gut«, sagte Mike, der nun ebenfalls ein Lachen kaum noch unterdrücken konnte. »Wir werden dich vor dieser blutrünstigen Bestie beschützen, keine Angst.«

Keine Angst, keine Angst!, wiederholte Astaroth wütend. *Du*

hast gut reden! Schließlich wirst du auch nicht von einer Verrückten verfolgt. Aber du bist wahrscheinlich genauso verrückt wie sie.

Mike begriff sehr gut, was Astaroth damit meinte, und seine Laune sank schlagartig wieder. Aber er beherrschte sich. »Was machst du überhaupt hier?«, fragte er. »Ich dachte, Serena hätte dir verboten, mit mir zu reden.«

Hat sie auch, antwortete Astaroth. *Wenn sie wüsste, dass ich hier bin, würde sie explodieren.*

»Aber sie weiß es nicht«, vermutete Mike.

Sie hat im Moment Besseres zu tun, als auf ihr Schoßtier zu achten, antwortete Astaroth. Seine Stimme klang bitter und Mike begann zu ahnen, wie es in dem Kater wirklich aussah. Der kurze Anflug von Schadenfreude, den er gerade verspürt hatte, tat ihm sofort wieder Leid. Er erinnerte sich ja noch gut daran, wie enttäuscht er von seiner ersten Begegnung mit Serena gewesen war, und er hatte sie erst wenige Tage gekannt – wie musste es da Astaroth ergehen, der das Mädchen jahrtausendelang bewacht hatte?

»Entschuldige bitte«, sagte er.

Schon gut, knurrte der Kater. *Ich nehme es dir nicht übel. Schließlich bist du nur ein Mensch, da darf man nicht zu viel verlangen.*

»Worüber redet ihr?«, fragte Trautman. Bisher hatten er und die anderen Mikes Unterhaltung schweigend verfolgt, aber immer nur die eine Hälfte des Gespräches mitbekommen.

»Über nichts Besonderes«, sagte Mike ausweichend.

Trautmans Blick machte deutlich, was er von dieser Antwort

hielt. Aber er ging nicht weiter darauf ein, sondern sagte: »Frag ihn, wie es in der Stadt aussieht.«

Auch nicht anders als vorhin, antwortete Astaroth, ehe Mike die Worte wiederholen konnte. *Sie streitet wieder mit Denholm. Aber ich fürchte, ihre Geduld wird bald am Ende sein, und dann möchte ich nicht in Denholms Haut stecken.*

Mike übersetzte, und Trautman machte ein besorgtes Gesicht. »Und was ist mit André – und vor allem Malcolm? Sie haben ihn doch nicht tatsächlich festgenommen, oder?«

Nein, antwortete Astaroth. *Deswegen ist sie ja so wütend. Eurem Freund geht es gut. Er wollte noch ein bisschen bei dem Menschenjungen bleiben.*

Mike übersetzte wieder, wobei er den Begriff »Menschenjunges« aber vorsichtshalber durch das Wort »Mädchen« ersetzte.

»Ich fürchte, das Ganze wird böse enden«, sagte Trautman kopfschüttelnd. »Und es gibt nichts, was wir tun können.«

»Vielleicht doch«, sagte Mike. »Ich werde noch einmal mit ihr reden. Vielleicht nimmt sie doch noch Vernunft an.«

Kaum, sagte Astaroth traurig. *Dein Freund hat Recht. Es wird ein böses Ende nehmen. Sie glaubt, dass das alles hier ihr gehört. Und glaube mir, sie ist durchaus in der Lage, ihren Willen durchzusetzen.* Er ließ einen Laut hören, der fast wie ein menschliches Seufzen klang. *Deswegen bin ich auch hier,* fuhr er fort. *Ich mag nicht mehr bei ihr sein. Außerdem braucht sie mich nicht mehr. Könntest du ... deine Freunde fragen, ob sie mich mitnehmen?*

Mike verstand im ersten Moment nicht, wovon der Kater

sprach. »Du meinst, du willst nicht mehr bei ihr bleiben?«, vergewisserte er sich.

Wozu? Meine Aufgabe ist erfüllt. Ich glaube, sie wird es nicht einmal merken, wenn ich weg bin.

Und erst jetzt verstand Mike den letzten Satz, den der Kater gesagt hatte. Eine Sekunde lang starrte er Astaroth an, dann hob er mit einem Ruck den Kopf und wandte sich wieder Trautman und den anderen zu.

»Was ist?«, fragte Trautman. »Wieso siehst du so erschrocken drein? Was hat Astaroth gesagt?«

»Er hat mich gebeten, euch zu fragen, ob ihr ihn mitnehmt«, antwortete Mike langsam. »Was soll das heißen?«

Trautman fuhr zusammen und Juan und Ben senkten betreten den Blick.

»Also doch«, sagte Mike. »Ihr verschweigt mir etwas. Was ist es?«

Trautman sagte noch immer nichts, aber das war auch nicht nötig. Ganz plötzlich war alles klar – so klar, dass Mike sich verblüfft fragte, wieso er eigentlich nicht schon längst von sich aus darauf gekommen war. »Ihr wollt fliehen«, sagte er. »Ihr habt vor, die Nautilus zu nehmen und von hier zu verschwinden, nicht wahr?«

»So ... ungefähr«, sagte Trautman zögernd. »Aber –«

»Und ihr hattet vor, mich hier zurückzulassen!«, unterbrach ihn Mike. »Deshalb die ganze Geheimnistuerei, stimmt's? Ihr wolltet nicht, dass ich es erfahre!«

»Selbstverständlich stimmt das nicht«, antwortete Trautman gekränkt. »Wir hätten es dir gesagt, aber noch nicht jetzt.«

»Ach – und warum nicht? Hattet ihr Angst, ich würde euch verraten?« Er konnte sehen, wie sehr seine Worte Trautman schmerzten, aber das war ihm in diesem Moment vollkommen egal.

»Ganz genau«, antwortete Ben ruhig. »Deshalb haben wir dir nichts gesagt. Aber keine Sorge – wir hätten dich schon mitgenommen. Obwohl ich mich zu fragen beginne, ob es sich überhaupt lohnt.«

Trautman warf dem jungen Engländer einen warnenden Blick zu und wandte sich dann an Mike. »Das ist Unsinn, Mike. Wir wissen, dass du uns niemals verraten würdest. Was Ben meint, ist, dass du es nicht wissen durftest, damit Serena es nicht erfährt.«

»Glauben Sie, ich hätte euch –«

»Sie hätte es in deinen Gedanken gelesen«, unterbrach ihn Trautman. »Im gleichen Augenblick, in dem du ihr gegenübergestanden hättest. *Deshalb* durftest du es nicht wissen, aus keinem anderen Grund.«

Plötzlich kam sich Mike schäbig und gemein vor. Der Verdacht, den er ausgesprochen hatte, war so ungeheuerlich, dass er sich plötzlich seiner eigenen Gedanken schämte. Er wusste, dass Trautman die Wahrheit sagte. Und das war wohl auch der Grund, aus dem er und die anderen Serena unten in der Stadt aus dem Weg gegangen waren. Verlegen senkte er den Blick.

»Es tut mir Leid«, murmelte er.

»Schon gut.« Trautman winkte ab. »Ich kann dich verstehen. Mir selbst war auch nicht wohl dabei, dich zu hintergehen, aber wir hatten keine andere Wahl. Es ist schwer, ein Geheimnis zu wahren, wenn es jemanden gibt, der deine Gedanken lesen kann.«

»Aber ihr ... ihr könnt die Leute hier doch nicht einfach im Stich lassen!«, sagte Mike. »Ich meine, irgendetwas muss man doch für sie tun!«

Nein, antwortete Astaroth an Trautmans Stelle. *Er hat Recht, glaub mir. Ihr könnt nichts tun. Sie wird nicht zulassen, dass irgendjemand ihr die Macht hier streitig macht. Und sie weiß, wie gefährlich ihr für sie seid. Sie hat vor, euer Schiff zu zerstören.*

»Stimmt das?«, fragte Mike laut. »Astaroth sagt, dass sie die NAUTILUS zerstören will?«

»Ja«, antwortete Trautman traurig. »Sie hat Denholms Leuten befohlen, das Schiff auseinander zu nehmen. Vielleicht ahnt sie, was wir vorhaben. Sie haben noch nicht damit begonnen, aber wenn sie es erst einmal tun, gibt es keinen Weg mehr hier heraus.« Seine Stimme wurde leiser, aber auch eindringlicher. »Wir müssen hier weg, Mike. Vielleicht ... vielleicht können wir später noch einmal zurückkommen, aber im Augenblick ist unsere einzige Chance, mit der NAUTILUS von hier zu verschwinden. Ohne sie kommen wir nie wieder nach oben.«

»Und wann?«, fragte Mike. »Habt ihr schon einen Plan?«

»Soweit man es so nennen kann«, antwortete Trautman. »Wir hatten vor, noch zwei oder drei Tage zu warten, aber ich fürchte, so viel Zeit bleibt uns nicht mehr. Ich war gestern auf der NAUTILUS und habe mich umgesehen. Sie hat ein paar kleinere Schäden abbekommen, aber im Großen und Ganzen ist sie in

Ordnung. Mit ein bisschen Glück schaffen wir es bis zur Meeresoberfläche hinauf.«

»Und die Qualle?«, fragte Mike.

Trautman zuckte mit den Schultern. »Wir müssen es eben versuchen. Vielleicht schaffen wir es irgendwie, ihr zu entkommen. Es ist gefährlich, ich weiß, aber wir sind fest entschlossen, es zu riskieren.«

Mike schwieg. Die Vorstellung, einfach wegzugehen und Denholm und die anderen ihrem Schicksal – und Serena! – zu lassen, war ihm unerträglich. Es kam ihm so feige vor.

Mut am falschen Platz ist manchmal Dummheit, sagte Astaroth.

»Also gut«, sagte Mike schweren Herzens. »Wann brechen wir auf?«

Trautman schwieg noch eine Sekunde. Dann sagte er: »Heute Abend!«

Das Volk wollte an diesem Abend ein Fest feiern, erklärte Trautman, und das wollten sie ausnutzen, sich an Bord der NAUTILUS schleichen und versuchen zu fliehen. Bis zum Beginn dieses Festes würden noch gute zwei Stunden vergehen und Trautman wollte so lange abwarten, um auch wirklich sicher zu sein, dass sie keiner Wache oder einem verspäteten Besucher des Festes in die Hände liefen, wenn sie sich auf den Weg zum Hafen machten. Da Mike es nun nicht mehr riskieren konnte, ins Dorf zurückzugehen, hatte sich Astaroth angeboten, André zu holen, und alle hatten zugestimmt. Trautman hatte dem Kater einen Zettel ins Maul gesteckt, auf dem er André mit wenigen und bewusst vage gehaltenen Worten bat, zum Strand hinunterzukommen, wo sie sich treffen wollten. Selbst wenn dieser Zettel Serena oder einem Angehörigen des Volkes in die Hände fallen sollte, würden sie nichts damit anfangen können, denn sie konnten die heutige Schrift ja nicht lesen.

Endlich war es so weit und sie verließen die Hütte auf der Klippe und machten sich wieder auf den Weg zum Korallenwald. Während sie den Hang hinuntergingen, blieb Mikes Blick wieder an den bizarren Türmen und Mauern der Alten Stadt hängen, die sich auf der anderen Seite der Bucht erhob. Der Anblick war noch unheimlicher als das erste Mal, jetzt, wo er wusste, welche Wesen diese Stadt bewohnten. Vielleicht war es Einbildung, aber er glaubte zu spüren, dass von dieser Stadt etwas Ungutes ausging, als wäre dort drüben irgendetwas, was lauerte und wartete, etwas Uraltes und Mächtiges, das einen unsichtbaren Schatten über die Bucht warf.

Sie waren nun am Fuße des Hügels und am Fluss angekommen, überschritten aber nicht die Brücke, sondern wandten sich nach rechts und folgten einem schmalen Weg, der durch den Korallenwald führte und schon nach wenigen Minuten am Strand endete.

Trautman deutete ihnen mit einer Geste, zurückzubleiben, und lief zusammen mit Singh los, um die Umgebung zu überprüfen. Trautman selbst kam schon nach ein paar Minuten zurück. Er sah nicht mehr so besorgt drein, blieb aber trotzdem angespannt und ermahnte auch die Jungen, sich ruhig zu verhalten und genau zu tun, was er ihnen sagte.

Mike beunruhigte dieses Verhalten mehr, als er im ersten

Augenblick zugeben wollte. Der Strand lag zwar ruhig und menschenleer vor ihnen, aber das musste ja nicht bedeuten, dass sich niemand im Korallenwald versteckt hatte. Doch sie erreichten unbehelligt das Wasser und stiegen in ein kleines Ruderboot, das dort auf sie wartete. Trautman hatte ihre Flucht offensichtlich gründlich vorbereitet.

Die NAUTILUS lag noch immer an derselben Stelle, an der sie sie nach dem Überfall am ersten Tag zurückgelassen hatten, sodass sie ein gutes Stück rudern mussten. Mike wurde immer nervöser. Nirgendwo in ihrer Nähe zeigte sich auch nur eine Spur von Leben; die Schiffswracks, an denen sie vorüberkamen, waren leer, und auch das Wasser lag vollkommen ruhig da. Von der Riesenqualle war keine Spur mehr zu sehen. Wahrscheinlich war sie wieder ins offene Meer hinausgeschwommen. Mikes Beunruhigung wuchs. Erst als sie die NAUTILUS erreichten und das Boot mit einem hörbaren Geräusch gegen den metallenen Rumpf des Unterseebootes stieß, begann er allmählich Hoffnung zu schöpfen.

Hintereinander kletterten sie auf die NAUTILUS hinauf und betraten kurz darauf den Turm. Einzig Singh begleitete sie nicht, sondern ruderte sofort zurück, um am Strand auf André und den Kater zu warten. Mike sah ihm mit gemischten Gefühlen nach. Er fragte sich, ob es wirklich richtig war, Singh immer die gefährlichsten Missionen ausführen zu lassen.

»Also los jetzt!«, rief Trautman, während er mit raschen Schritten die Treppe hinunterzugehen begann. »Wir haben eine Menge zu tun. Wenn André kommt, müssen wir bereit zum Ablegen sein.« Auch wenn er es nicht laut aussprach, so glaubte

Mike doch in diesen Worten einen leichten Unterton von Besorgnis zu hören. Offensichtlich rechnete auch Trautman nicht damit, dass weiter alles so gut ging wie bisher.

Sie erreichten den Salon, der zugleich der Steuerraum des Tauchbootes war, und Trautman machte sich zusammen mit Juan und Ben sofort daran, das Schiff startbereit zu machen. So fantastisch und weit entwickelt die Maschinen der NAUTILUS auch waren, es waren auch ungeheuer komplizierte Maschinen, die in der richtigen Reihenfolge gestartet werden mussten und ihre Zeit brauchten, um zum Leben zu erwachen.

Doch selbst wenn ihre Flucht gelang, stand ihnen das größte Problem ja noch bevor – die Riesenqualle, die zweifellos sofort wieder Jagd auf sie machen würde. Mikes Zutrauen in Trautmans Fähigkeiten war zwar nahezu unerschütterlich, aber er fragte sich trotzdem, wie sie *damit* fertig werden sollten. Das Tier hatte ja schon hinlänglich bewiesen, dass es sowohl schneller als auch stärker war als die NAUTILUS.

Die Zeit schien stehen geblieben zu sein. Mike ertappte sich immer öfter dabei, wie er ungeduldig auf die Uhr an der Wand neben dem Eingang blickte, deren Zeiger sich einfach nicht von der Stelle bewegen wollten. Trautman musste die NAUTILUS längst angeworfen haben, aber noch rührten sich die mächtigen Maschinen des Schiffes nicht.

Schließlich hörte er ein dumpfes Geräusch, das lang durch den gesamten Rumpf der NAUTILUS hallte. Im ersten Moment konnte er es sich nicht erklären, doch dann vernahm er Schritte, die auf dem stählernen Deck über ihren Köpfen polterten. Was er gehört hatte, war das Anlegen des Bootes. Singh kam mit Astaroth und André zurück. Endlich. Erleichtert wandte sich Mike zu Trautman um.

Aber es war dem weißhaarigen Steuermann immer noch nicht gelungen, die Motoren des Schiffes zu starten. Er versuchte zwar, sich seine Nervosität nicht anmerken zu lassen, aber weder Mike noch den anderen Jungen entging es, dass seine Bewegungen immer fahriger wurden und seine Blicke, mit denen er die Instrumente auf dem Pult vor sich musterte, immer verzweifelter.

»Stimmt etwas nicht?«, fragte Mike.

Trautman zuckte mit den Schultern. »Ich ... verstehe das nicht«, sagte er. »Alles ist in Ordnung. Den Instrumenten zufolge müssten die Maschinen längst laufen. Ich kenne dieses Schiff fast mein ganzes Leben lang. Die Maschinen *müssen* anspringen! Ich verstehe das nicht!«

»Vielleicht fehlt ihnen etwas Wichtiges«, sagte eine Stimme von der Tür her.

Trautman sah auf – und fuhr wie elektrisiert zusammen. Mike drehte sich herum.

Er konnte spüren, wie das Blut aus seinem Gesicht wich.

Er hatte sich nicht getäuscht – die Geräusche, die er gehört hatte, waren die des anlegenden Bootes und seiner Insassen gewesen, die auf die NAUTILUS übergesetzt hatten. Aber es waren nicht Singh und André, die gekommen waren.

Unter der Tür stand Serena.

Sie lächelte, aber es war ein Lächeln, das Mike einen eisigen Schauer über den Rücken laufen ließ. In der rechten Hand, die sie in Trautmans Richtung ausgestreckt hatte, hielt sie etwas Kleines, Schimmerndes.

»Was ... was willst du denn hier?«, fragte Ben überrascht.

Serena ignorierte ihn und kam langsam näher. »Ich habe euch doch gesagt, dass das hier einmal *mein* Schiff war«, sagte sie spöttisch. »Und ich kenne mein Eigentum. Ohne diesen Steuerkristall fährt das Schiff nirgendwohin, wusstet ihr das etwa nicht?«

Mike erkannte nun, was Serena in der Hand hielt. Es war tatsächlich eine Art Kristall, wenn auch von sehr sonderbarer Form. In seinem Inneren pulsierte ein schwaches, bläuliches Licht. Es sah fast aus, als hielte Serena ein winziges, schlagendes Herz in der Hand.

»Nein«, antwortete Ben. Seine Stimme klang jetzt trotzig. »Aber vielen Dank, dass du es uns vorbeibringst.« Er trat von seinem Platz neben Trautman herunter und ging mit energischen Schritten auf Serena zu. Das Mädchen blieb stehen und blickte ihn eisig an und Ben stockte plötzlich im Schritt.

»Ihr wolltet also fliehen«, sagte Serena. In ihrer Stimme lag ein harter Klang. »Habt ihr wirklich gedacht, ich merke es nicht? Ihr müsst noch dümmer sein, als ich geglaubt habe!«

»Nicht annähernd so dumm wie du«, grollte Ben. Er gab sich einen sichtlichen Ruck und trat herausfordernd auf Serena zu. »Gib den Kristall her. Vielleicht lassen wir dich dann sogar laufen.«

»Ben!«, sagte Trautman scharf.

Aber seine Warnung kam zu spät. Serena schloss die Faust um den Kristall, als Ben danach greifen wollte, und im gleichen

Augenblick wurde Ben wie von einer unsichtbaren Hand ergriffen und mit solcher Wucht quer durch den Salon geschleudert, dass er gegen die Wand prallte und hilflos zu Boden sackte. Serena würdigte ihn nicht einmal eines Blickes, sondern ging auf Trautman zu. Ihre Augen schienen zu brennen.

»Ihr Narren«, fuhr sie fort. »Dabei hättet ihr vielleicht sogar wirklich eine Chance gehabt, hättet ihr diese dumme Katze nicht zurückgeschickt.«

Also hatte Astaroth sie doch verraten, dachte Mike. Er war sehr enttäuscht. Er hatte dem Kater getraut.

Serena blieb stehen und wandte ihre Aufmerksamkeit nun ihm zu. Ein spöttisches Lächeln erschien auf ihren Lippen. »Du begreifst anscheinend noch schwerer, als ich dachte«, sagte sie. »Wenn es dich beruhigt – Astaroth hätte sich eher das Fell abziehen lassen, ehe er euch verraten hätte. Ich habe einfach seine Gedanken gelesen, weißt du?«

Mike starrte sie betroffen an. Natürlich, dachte er. Warum kamen sie eigentlich immer erst zum Schluss auf das Nächstliegende? Serena konnte Astaroths Gedanken ebenso mühelos lesen wie ihre. Er tat dem Kater im Stillen Abbitte dafür, dass er ihn verdächtigt hatte, und Serena musste wohl auch diesen Gedanken lesen, denn der Ausdruck auf ihrem Gesicht wurde noch geringschätziger.

»Genug jetzt«, sagte sie. »Mit diesem verräterischen Katzenvieh beschäftige ich mich später. Jetzt zu euch.« Sie warf einen kalten Blick in die Runde. »Kommt ihr freiwillig mit zurück oder muss ich euch zwingen?«

Einen Moment lang war Mike ernsthaft in Versuchung, es auf

eine Kraftprobe ankommen zu lassen. Immerhin waren sie zu fünft, während Serena allein gekommen zu sein schien, soweit er erkennen konnte. Aber dann blickte er zu Ben hinüber, der sich stöhnend wieder aufrichtete, unverletzt, aber benommen, und er begriff, wie sinnlos es war.

»Stimmt«, sagte Serena abfällig. »Ebenso sinnlos wie diese Flucht. Was habt ihr eigentlich gedacht, wie weit ihr kommt?«

»Was hast du mit André und Singh gemacht?«, fragte Mike anstelle einer Antwort.

»Keine Angst«, antwortete Serena. »Sie sind an einem Ort, an dem sie keinen Schaden mehr anrichten können. Aber ihnen ist nichts geschehen. Das könnte sich allerdings ändern, wenn ihr weiter so unvernünftig seid. Also?«

»Geh zum Teufel!«, stöhnte Ben. »Lieber schwimme ich nach Hause, ehe ich mich dir ergebe!«

»Gar keine schlechte Idee«, antwortete Serena. »Du –«

»Genug!«, unterbrach sie Trautman. »Wir kommen mit zurück. Du hast gewonnen.«

Wie sich zeigte, hatte Serena wohl doch nicht ausschließlich auf ihre magischen Kräfte vertraut, denn sie war nicht allein gekommen. Draußen auf dem Gang warteten vier Bewaffnete und ein weiteres halbes Dutzend Männer hatte auf dem Deck der NAUTILUS Aufstellung genommen und geleitete sie zu dem Ruderboot, das neben dem Schiff angelegt hatte. Keiner von ihnen sprach, während sie die Strickleiter hinunterkletterten und sich im Heck des Bootes versammelten, aber Mike spürte auch so, wie wenig den Männern das gefiel, was sie tun mussten.

Serena gebot vielleicht im Moment über eine kleine Armee, aber es war keine, die ihr *gerne* gehorchte. Trautman hatte Recht – früher oder später würde sie begreifen müssen, dass sie diesem Volk nicht einfach ihren Willen aufzwingen konnte. Aber Mike begann zu fürchten, dass es dann vielleicht zu spät war. Irgendetwas Schreckliches würde geschehen, das spürte er einfach.

Und seine düstere Vorahnung sollte sich nur zu schnell erfüllen ...

Sie erreichten den Strand und gingen noch immer wortlos von Bord. Die Männer, die Serena begleiteten, hielten einen fast respektvollen Abstand zu ihnen, und Mike war plötzlich auch beinahe sicher, dass sie sie nicht gewaltsam hindern würden, abermals zu fliehen. Aber welchen Sinn hätte das schon? Serena besaß noch immer den Kristall, der offensichtlich so etwas wie den Zündschlüssel der NAUTILUS darstellte, und ohne das Schiff hatte eine Flucht keinen Sinn – es gab nichts, wohin sie fliehen konnten.

»Ganz recht«, sagte Serena spöttisch. »Schade, dass du das erst jetzt einsiehst. Du hättest ein nützliches Mitglied unserer Gemeinschaft werden können.«

Mike sah sie traurig an. Serenas Worte machten ihn nicht wütend, er empfand plötzlich etwas wie Mitleid mit dem Mädchen, das offensichtlich gar nicht begriff, was es sagte und was es mit seinen Worten und Taten anrichtete.

Serena musste wohl auch diesen Gedanken gelesen haben, denn sie sah für einen Moment sehr betroffen drein. Dann blitzte es zornig in ihren Augen auf. Aber sie sagte zu Mikes

Überraschung nichts mehr, sondern drehte sich mit einem Ruck um und ging weiter.

Sie waren gerade wieder einige Schritte gegangen, als plötzlich am Kopf der kleinen Kolonne Aufregung entstand: Ein Mann war zwischen den Korallenbäumen aufgetaucht und rannte heftig gestikulierend und lautstark Serenas Namen rufend auf sie zu. Mike registrierte erschrocken, dass er aus einer frischen Platzwunde im Gesicht blutete.

»Da stimmt etwas nicht!«, sagte Trautman besorgt. »Verdammt, ich wusste, dass etwas passiert!«

Ohne darauf zu achten, ob Serena dies gefiel oder nicht, liefen sie dem Mann entgegen. Mike erkannte ihn jetzt – er hatte zu denen gehört, die den Fischmenschen ins Dorf gebracht hatten. Und er war so erschöpft und außer Atem, dass er keuchend vor Serena auf die Knie niedersank und sekundenlang nach Luft rang, ehe er überhaupt ein verständliches Wort herausbekam.

»... angegriffen«, stammelte er. »Sie haben uns ... überfallen, gleich nachdem ... Ihr fort wart, Herrin!«

»Was?« Serena machte eine ungeduldige Geste. »Sprich deutlich, Kerl! Was ist passiert?!«

Der arme Bursche duckte sich wie unter einem Hieb und sah Serena angstvoll an. Aber er riss sich zusammen und begann – zwar noch immer stockend, aber jetzt klar verständlich – zu erzählen: »Die Fischmenschen, Herrin! Sie ... sie haben die Stadt angegriffen, kurz nachdem ihr weggegangen seid. Wir haben uns gewehrt, so gut wir konnten, aber es waren zu viele, und die Überraschung war auf ihrer Seite! Viele von uns sind ... verletzt.«

»Die Fischmenschen?!«, entfuhr es Serena. »Was haben sie getan? Was wollten sie?«

»Sie haben den Gefangenen befreit«, antwortete der Mann. »Sie kamen von allen Seiten! Es waren bestimmt fünfzig und sie waren bewaffnet. Wir haben tapfer gekämpft, aber sie –«

»Und ihr habt sie wieder gehen lassen?«, unterbrach ihn Serena. »Fünfzig von diesen ... diesen Tieren gegen euch alle! Ihr seid mehr als zweihundert! Was seid ihr nur für erbärmliche Feiglinge!«

»Wir konnten nichts tun!«, verteidigte sich der Mann. Seine Stimme zitterte noch immer, aber jetzt mehr vor Angst als aus Schwäche. »Sie sind schreckliche Krieger! Jeder von ihnen kämpft mit der Kraft von fünf Männern. Wir haben es versucht, aber Ihr ... Ihr müsst mir glauben, dass wir es nicht konnten. Sie haben den Gefangenen befreit und ...«

»Ja?«, fragte Serena lauernd, als er nicht weitersprach.

Der Mann senkte den Blick. Die Furcht vor dem, was er berichten musste, war ihm deutlich anzusehen. »Das ist nicht das Schlimmste«, murmelte er schließlich. »Sie ... sie haben Malcolms Tochter Sarah mitgenommen. Und den fremden Jungen vom Schiff.«

Die Stadt bot einen chaotischen Anblick. Schon als sie aus dem Wald heraustraten, konnte Mike erkennen, dass die meisten der armseligen Behausungen vollends zerstört waren: Die Dächer waren eingebrochen, bei einigen gar die Wände zerstört, als wäre eine tollwütige Elefantenherde quer über die Lichtung gestampft.

Und auch den Bewohnern des Ortes war es schlecht ergangen. Mike erschrak bis ins Mark, als er sah, wie viele der Männer und Frauen verwundet waren – sie hockten am Boden und hielten sich die Köpfe, manche trugen blutige Verbände um Arme, Beine oder Schädel und es gab kaum ein Haus, aus dem nicht zornige Stimmen oder Wehklagen zu ihnen herausdrangen.

Mit weit ausgreifenden Schritten, sodass Trautman und die anderen Mühe hatten, mit ihm mitzuhalten, rannte Mike quer über die Lichtung auf Malcolms Haus zu. Der Anblick, den es bot, ließ sein Herz einen erschrockenen Sprung in seiner Brust machen, denn es war zweifelsfrei klar, dass hier das Zentrum der Schlacht gewesen sein musste. Das Gebäude, das noch am ehesten an ein richtiges Haus erinnert hatte, war völlig verwüstet. Drei oder vier Wände waren niedergebrochen und zwischen den Trümmern sahen die traurigen Überreste der zerstörten Einrichtung hervor. Malcolms Frau stand mit leerem Gesicht dort, wo einmal die Tür gewesen war, und hielt die Scherben eines Tonkrugs in den Händen, und Malcolm selbst stand zusammen mit Denholm und einigen anderen Männern nur ein paar Schritte abseits. Einige von ihnen trugen Gewehre und Schwerter bei sich, andere nur Knüppel oder rostige Messer, aber alle waren bewaffnet. Und fast alle waren verletzt.

»Malcolm!«, rief Mike schon von weitem. »Was ist hier geschehen? Wo ist André?«

Der Angesprochene drehte sich mit einer müde wirkenden Bewegung zu ihm herum. Trauer, Schmerz und verhaltener Zorn standen in seinem Gesicht geschrieben, aber er gab Mike keine Antwort.

Im nächsten Augenblick erschien Serena an Mikes Seite und fragte in befehlendem Ton: »Stimmt es, dass die Fischmenschen deine Tochter entführt haben?«

Malcolm schwieg noch immer, sodass Denholm schließlich an seiner Stelle antwortete: »Ja, Serena. Sie sind aufgetaucht, kaum dass du gegangen bist. Wir konnten nichts gegen sie ausrichten.«

Serena wurde blass, sei es, dass ihr die respektlose Anrede aufgefallen war, die Denholm plötzlich benutzte, sei es, dass ihr erst jetzt richtig bewusst wurde, wie vernichtend die Niederlage des Volkes gewesen war. Mike konnte sehen, wie sie dazu ansetzte, Denholm eine scharfe Erwiderung zu geben, doch dieser kam ihr zuvor. »Ich glaube, sie haben im Wald versteckt abgewartet, bis du fort warst. Oder der Gefangene hat sie auf irgendeine Weise verständigt. Der Angriff war zu gut vorbereitet, als dass es Zufall gewesen sein kann.« Er schloss die Augen und seufzte tief. »Wir hatten keine Chance. Sie waren über uns, ehe wir auch nur richtig begriffen, was geschah.«

»Hat es ... Tote gegeben?«, fragte Juan leise.

Denholm verneinte. »Aber viele sind verletzt und es ist alles zerstört.« Seine Stimme schwankte und für einen Moment schien er mit den Tränen zu kämpfen.

Für diese Menschen hier, begriff Mike, waren die Hütten, die mehr Ruinen glichen, ihr Zuhause. Und gerade *weil* sie so wenig besaßen, musste dieses wenige für sie ungleich kostbarer sein, als er auch nur ermessen konnte.

»Wir hätten ihn niemals hier behalten dürfen«, sagte Malcolm düster. »Ich wusste, dass es in einer Katastrophe endet!«

In Serenas Augen blitzte es zornig auf. »Ihr hättet es niemals dazu kommen lassen dürfen!«, widersprach sie. Sie machte eine weit ausholende Geste. »Das alles hier ist eure eigene Schuld! Ihr lebt seit Jahrhunderten hier, und in all der Zeit habt ihr geduldet, dass sie stärker und stärker wurden.«

Malcolm sah sie nur traurig an, aber Denholm widersprach. »Aber wir leben seit Generationen in Frieden mit ihnen. So etwas ist noch nie geschehen!«

»Weil sie auf eine günstige Gelegenheit gewartet haben, du Narr!«, fuhr ihn Serena an.

»Ja – oder weil sie vorher keinen Grund hatten, diese Menschen hier anzugreifen«, sagte Ben. Und offensichtlich war das, was er aussprach, nicht alles, was er dabei *dachte*, denn Serena fuhr plötzlich wie von der Tarantel gestochen herum und funkelte ihn an.

»Was meinst du damit?«, schnappte sie.

Ben lächelte geringschätzig. Seine Haltung war plötzlich ein wenig angespannt – schließlich war es noch nicht lange her, dass er am eigenen Leibe gespürt hatte, wie wenig ratsam es war, Serena zu sehr zu reizen. Aber entweder war er mutiger, als Mike bisher angenommen hatte, oder zu zornig, um sich noch zu beherrschen. »Das weißt du doch genau, oder?«, fragte er. »Aber ich kann es auch gerne laut aussprechen, wenn Euer Gnaden darauf bestehen!«

»Ben!«, sagte Trautman warnend, aber diesmal ignorierte Ben seine Ermahnung.

»Die Fischmenschen und Denholms Leute leben seit Jahrhunderten in Frieden miteinander, nicht wahr?«, fuhr er in herausforderndem Ton fort. »Und im gleichen Moment, in dem du hier auftauchst, endet dieser Frieden. Ich frage mich, ob das wirklich noch Zufall ist.«

Mike hielt erschrocken den Atem an. Er sah Ben in Gedanken bereits quer über die Lichtung fliegen oder bewusstlos zu Boden stürzen, aber zu seiner Verblüffung reagierte Serena vollkommen anders als erwartet auf Bens Worte. Sie sah den jungen Engländer nur sehr nachdenklich an und dann nickte sie.

»Vielleicht hast du sogar Recht«, sagte sie. »Vielleicht haben sie sich bisher sicher genug gefühlt, um der Meinung zu sein, dass es nicht nötig ist, eure Stadt anzugreifen. Aber nun wissen sie, dass ihr Ende gekommen ist.«

»Wie?«, fragte Trautman alarmiert.

»Ja«, fuhr Serena fort, »ich denke, das ist die Erklärung. Sie sind zwar nur dumme Tiere, aber sie haben scharfe Instinkte. Sie spüren, dass ihr Ende naht, und versuchen sich natürlich zu wehren.« Sie legte eine kurze und – dessen war sich Mike sicher – ganz genau bemessene Pause ein, ehe sie mit leicht erhobener Stimme fortfuhr: »Aber ich werde das nicht hinnehmen. Sie werden für diesen Angriff bezahlen.«

»Was meinst du damit?«, fragte Mike. Er wusste nur zu gut, was Serenas Worte bedeuteten, aber er weigerte sich noch, es zu glauben.

Serena maß ihn mit einem spöttischen Blick. »Wir werden sie angreifen«, sagte sie. »Wir werden nachholen, was diese gutgläubigen Narren hier schon vor Jahrhunderten hätten tun sollen, in die Alte Stadt gehen und diese Brut ausrotten.«

Nicht nur Mike fuhr erschrocken zusammen. Denholms

142

Augen weiteten sich vor Schrecken und in der Menge ringsum erhob sich ein ungläubiges, erschrockenes Raunen und Murmeln. Nur Malcolm sah das Mädchen vollkommen ausdruckslos an. Vielleicht hatte er geahnt, was Serena vorhatte.

»Aber das ... das geht nicht!«, entgegnete Denholm. »Es ist verboten, in die Alte Stadt zu gehen! Keiner, der es gewagt hat, ist von dort zurückgekehrt!«

»Weil ihr nie den Mut hattet, euch ihnen zu stellen, ja«, antwortete Serena. »Was wollt ihr? Weiter in Angst und Schrecken leben, jeden Tag darauf gefasst, dass sie kommen und euch endgültig vernichten?« Sie hob die Stimme, sodass nun alle in weitem Umkreis ihre Worte hören konnten. »Seht euch um! Sie sind hierher gekommen und haben eure Stadt zerstört! Alles, wofür ihr gearbeitet und gelebt habt, liegt in Trümmern! Und sie werden wiederkommen, nun, da sie wissen, dass ihr schwach und hilflos seid und Angst vor ihnen habt! Wollt ihr das wirklich?« Sie lachte. »Ich zwinge euch nicht. Wenn es sein muss, gehe ich ganz allein hinüber und lösche diese Brut aus! Es ist eure Entscheidung.«

Mike starrte Serena entsetzt an. Das Mädchen sprach über die Fischmenschen ... wie über *Dinge*, nicht wie über lebende Wesen. Und das war vielleicht nicht einmal das Schlimmste. Das Schlimmste war, dass er genau spürte, dass Serenas Worte nicht ungehört verhallten. Es war absurd – vor ihm stand ein nicht einmal fünfzehnjähriges Mädchen und rief ein Volk, das seit Jahrhunderten mit seinen Nachbarn in Frieden lebte, zum *Krieg* auf – und er spürte, dass die Menschen ringsum nur allzu bereit waren, diesem Aufruf auch zu folgen!

»Serena!«, flüsterte er. »Das kannst du nicht ernst meinen! Es ... es wird Tote geben und –«

»Kaum«, unterbrach ihn Serena hochmütig. »Ich kenne diese Kreaturen. Mein Volk hat schon Jagd auf sie gemacht, ehe es das eure auch nur gab. Sie sind nicht mehr als Tiere.« Sie wandte sich wieder Denholm zu. »Nun?«

»Wir ... wir sind keine Krieger«, murmelte Denholm ausweichend. »Sie waren nicht einmal halb so viele wie wir, und wir hatten keine Chance. Sie –«

»– haben euch überrascht und ich war nicht bei euch«, unterbrach ihn Serena. »Das wird nicht noch einmal geschehen.«

Denholm schwieg. Serena wartete einige Sekunden lang vergeblich auf eine Antwort, dann drehte sie sich zu Malcolm um, der die ganze Zeit über kein Wort gesagt hatte. »Und du?«, fragte sie. Offensichtlich hatte auch sie längst gemerkt, dass Malcolms Wort in der Stadt fast ebenso viel galt wie das Denholms.

»Denholm hat Recht«, sagte Malcolm. »Wir sind keine Krieger. Aber sie haben meine Tochter.«

Mike fuhr erschrocken zusammen. »Malcolm!«, keuchte er. »Das kannst du nicht ernst meinen!«

»Sie haben Sarah entführt«, wiederholte Malcolm, nun an ihn gewandt. »Ich werde sie zurückholen, ganz gleich, ob allein oder zusammen mit den anderen. Und wenn sie ihr etwas angetan haben, dann werde ich nicht eher ruhen, als bis auch der Letzte von ihnen tot ist, das schwöre ich!«

Und das war die Entscheidung. Niemand sagte etwas, aber Mike spürte regelrecht, wie die Stimmung umschlug. Die Menschen, die sie umstanden, hatten noch immer Angst, aber Furcht und Zorn liegen eng beisammen, und Serenas – und wohl vor allem Malcolms – Worte hatten diese Grenze verwischt.

»Also gut!«, sagte Serena, nun wieder mit lauter, weithin hörbarer Stimme. »Dann macht euch bereit. Holt eure Waffen und stärkt euch noch einmal! Wir brechen in zwei Stunden auf. Sie sollen keine Gelegenheit haben, ihre Kräfte neu zu sammeln!«

Mike widersprach nicht mehr. Es war sinnlos. Er drehte sich herum und ging zu Juan und den beiden anderen Jungen zurück. Serena machte eine rasche, befehlende Geste, und einige von Denholms bewaffneten Begleitern bildeten einen Kreis um sie.

»Was soll das?«, fragte Mike.

Die Männer gaben sich redliche Mühe, grimmig dreinzuschauen, doch sahen sie in Wahrheit mehr verlegen aus. Sie antworteten nicht, aber Serena sagte: »Nichts. Nur eine Vorsichtsmaßnahme – für alle Fälle.«

»Eine *Vorsichtsmaßnahme?*«, wiederholte Mike. »Wie soll ich das verstehen?«

»Dir und deinen Freunden passiert nichts, keine Angst«, sagte Serena spöttisch. »Ich möchte nur verhindern, dass ihr euch im Wald verirrt und vielleicht rein zufällig wieder zum Strand hinunterlauft, während wir weg sind, weißt du?«

Mike spürte, wie ihm die Zornesröte ins Gesicht stieg. »Du meinst, wir sind deine Gefangenen?«, vergewisserte er sich.

»Wenn du so willst – ja«, antwortete Serena kalt. »Aber keine Sorge – nur, bis wir zurück sind. Es wird nicht sehr lange dauern.« Sie machte eine befehlende Geste. »Bringt sie weg!«

Sie wurden in das einzige nicht zerstörte Gebäude der Stadt gebracht – in das »Museum«, das zuvor schon als Gefängnis für den Fischmenschen gedient hatte, und dort trafen sie auch Singh wieder. Der Inder hockte zusammengekauert neben dem steinernen Relief und trug einen blutgetränkten Verband um die Stirn. Als er Mike und die anderen gewahrte, sprang er hastig auf und eilte ihnen entgegen und Mike sah, dass auch seine linke Hand dick verbunden war und er leicht humpelte. Der Anblick erfüllte Mike nicht nur mit Sorge um den Sikh-Krieger, sondern weckte auch sein schlechtes Gewissen. Während der ganzen Zeit, die sie draußen mit Serena gesprochen hatten, hatte er nicht einmal daran gedacht, wie es Singh bei dem Überfall wohl ergangen war!

»Singh!«, sagte er erschrocken. »Du bist verletzt! Ist es schlimm?«

Der Sikh machte eine wegwerfende Geste mit der unverletzten Hand. »Das ist nichts«, behauptete er. »Ein paar Schrammen, die rasch verheilen werden. Aber ich habe versagt, Herr. Es ... es tut mir Leid.«

Im ersten Moment verstand Mike nicht, was Singh meinte. Dann schüttelte er verblüfft den Kopf. »Versagt? Du hast –«

»Es ist mir nicht gelungen, André zu beschützen«, unterbrach ihn Singh, ruhig und mit fast tonloser Stimme.

»Red nicht solch einen Unsinn!«, erwiderte Mike scharf. »Was hättest du tun sollen! Sie ganz allein aufhalten?«

Singh nickte. »Ich habe es versucht«, sagte er. »Aber es waren zu viele. Und sie kämpfen gut.«

»Du bist noch am Leben und das allein zählt«, sagte Mike

entschieden. »Bist du schwer verletzt? Und was ist mit André? Was haben sie mit ihm gemacht?«

»Er hat versucht das Mädchen zu beschützen«, sagte Singh. »Er hat tapfer gekämpft und sich heftiger gewehrt als die meisten hier. Aber am Schluss wurde er niedergerungen, genau wie ich. Sie haben ihn mitgenommen, aber ich glaube nicht, dass er schwer verletzt wurde.«

»Mitgenommen?« Trautman runzelte die Stirn. »Warum?«

»Er hat das Mädchen nicht losgelassen«, antwortete Singh. »Selbst als er das Bewusstsein verlor, hat er sich noch mit aller Macht an sie geklammert, sodass sie seinen Griff nicht lösen konnten, nicht einmal mit Gewalt.«

»Dann stellt sich nur noch die Frage, warum sie Sarah mitgenommen haben«, sagte Ben. »Ich meine: Haben sie sonst noch jemanden entführt?«

»Außer dem Mädchen?« Singh dachte einen Moment nach, dann schüttelte er zögernd den Kopf. »Ich bin nicht sicher, aber ich habe jedenfalls nichts gesehen.«

»Das ist seltsam«, sagte Juan. »Wenn sie gekommen sind, um ihren Mann zu befreien, warum haben sie dann das Mädchen mitgenommen? Und niemanden außer ihr?«

Weil sie Sarah verwechselt haben, sagte eine leise Stimme in Mikes Kopf.

Mike fuhr erschrocken zusammen. Er hörte ein Geräusch hinter sich und drehte sich herum. Nach einigen Sekunden gelang es ihm, mehr als nur die dunklen Schatten jenseits des steinernen Reliefs zu erkennen. Etwas bewegte sich darin.

»Astaroth?«, fragte er laut. »Bist du das?«

Kennst du noch jemanden, der so dumm wäre, nach allem, was passiert ist, immer noch zu euch zu halten?, fuhr die lautlose Stimme fort. Zugleich trat Astaroth mit gemessenen Schritten aus dem Schatten hervor. Mikes Augen weiteten sich erstaunt, als er sah, dass der Kater nicht allein war. Die kleine schwarzweiße Katze begleitete ihn, und nicht nur das – sie strich mit freundlich aufgestelltem Schwanz um ihn herum, rieb ihren Kopf an seiner Flanke und seinem Hals und schnurrte dabei lautstark. Astaroth ließ diese entwürdigende Behandlung ohne irgendein äußeres Anzeichen von Unruhe über sich ergehen, aber seine lautlose Stimme fuhr fort:

Ein einziger falscher Gedanke und ich kratze dir die Augen aus.

Mike unterdrückte im letzten Moment ein spöttisches Lächeln und es gelang ihm sogar, die entsprechenden Gedanken zu unterdrücken, wenn auch nur mit äußerster Mühe.

»Wie meinst du das: Sie haben Sarah verwechselt?«, fragte er, laut, damit die anderen der Unterhaltung wenigstens teilweise folgen konnten.

So, wie ich es sage, antwortete Astaroth. *Muss man denn immer alles dreimal erklären? Menschen!*

»Astaroth, bitte!«, sagte Mike. »Das ist nicht der Zeitpunkt für deine üblichen Scherze.«

Ich mache auch keine Scherze, antwortete Astaroth beleidigt. *Nicht mit Zweibeinern. Ihr seid ja so schwer von Begriff – aber bitte: Sie hatten den Auftrag, ein blondes Menschenjunges zu holen, das zusammen mit einigen Fremden neu hier angekom-*

men ist. Und dank eures Freundes, der sich wie ein Verrückter gewehrt hat, haben sie das falsche erwischt.

Mike blickte den Kater, dann das in Stein gemeißelte Ebenbild Serenas auf dem Relief an – und plötzlich fiel es ihm wie Schuppen von den Augen. »Du ... du meinst, sie wollten Serena?«, sagte er verblüfft. »Sie sind hergekommen, um sie zu entführen, und sie haben Sarah mit ihr verwechselt?«

Ganz genau, antwortete der Kater. *Ich habe ihre Gedanken gelesen. Vor einer Stunde hätte ich es noch nicht für möglich gehalten, aber sie sind tatsächlich noch begriffsstutziger als ihr. Sie haben sich einfach vertan.*

»Moment mal«, mischte sich Juan ein. »Verstehe ich das richtig? Er meint, sie hätten Serena entführen wollen und nur aus Versehen an ihrer Stelle Sarah erwischt?«

»Ich glaube, ja«, antwortete Mike. »Auch wenn es mir etwas komisch vorkommt.«

»Aber warum nicht?«, meinte Trautman. »Wenn man nicht zu genau hinsieht, dann sieht sie ihr tatsächlich ein wenig ähnlich. Die Fischmenschen leben auf der anderen Seite der Bucht, vergesst das nicht. Sie kennen die Menschen nicht genau.«

»Sie können ja auch nicht wissen, wie Serena aussieht!«, warf Juan ein.

»Vielleicht doch«, murmelte Mike. Die anderen sahen ihn erstaunt an, aber er machte keine Anstalten, seine Worte zu erklären, sondern trat näher an das gewaltige Steinbildnis heran und betrachtete es. Genau wie beim ersten Mal hatte er das Gefühl, mehr als einem Kunstwerk gegenüberzustehen. Dieses Bild erzählte eine Geschichte – und sie war viel komplizierter und viel älter, als er bisher angenommen hatte. Es war ein unheimliches Gefühl – und ein sehr unangenehmes. Er war sicher, die Antworten auf all ihre Fragen zum Greifen nahe vor sich zu haben und das im wahrsten Sinne des Wortes. Er musste eigentlich nur hinsehen.

Aber es gelang ihm nicht. Es war, als hätte er alle Teile eines gewaltigen Puzzles vor sich, ohne das Gesamtbild zu kennen und ohne es richtig zusammensetzen zu können. Es war zum Verrücktwerden!

»Natürlich!«, sagte Trautman plötzlich. Er hob die Hand, als wolle er sich damit vor die Stirn schlagen, führte die Bewegung aber nicht zu Ende, sondern deutete auf das Relief. »Erinnert euch – Denholm hat es uns selbst erzählt! Dieser Stein war schon hier, als die ersten Menschen hierher kamen. Und das heißt, dass nicht sie, sondern andere ihn geschaffen haben.«

»Stimmt«, sagte Mike verständnislos. »Und?«

»Und welche anderen außer dem Volk gibt es hier noch?«, fragte Trautman.

Diesmal war es an Mike, ungläubig die Augen aufzureißen. »Die ... die Fischmenschen!«, murmelte er.

»Genau!«, antwortete Trautman. Er deutete aufgeregt auf das steinerne Bild. »Und das bedeutet, dass sie dieses Relief erschaffen haben. Sie haben gewusst, dass Serena kommen wird – oder jemand wie sie. Wahrscheinlich haben sie es einfach gespürt!«

»Und sind gekommen, um sie zu holen«, flüsterte Juan schaudernd. »Weil sie ihr Feind ist.«

»Vielleicht«, sagte Trautman. »Ich muss die ganze Zeit über an etwas denken. Erinnert ihr euch, wie wir vor dem Sturm geflohen sind? Serena hatte diese Albträume – und sie ist schreiend daraus aufgewacht und hat gesagt: die *Alten*. Auch dein Vater hat diese *Alten* erwähnt. Ich konnte mir nie einen Reim darauf machen, aber vielleicht ...« Er seufzte. Ein Ausdruck von tiefer Sorge breitete sich auf seinem Gesicht aus. »Diese *Alten* ... vielleicht waren es die Feinde der alten Atlanter. Und möglicherweise sind sie nichts anderes als das, was Denholm und die anderen hier die Fischmenschen nennen.«

Mike wandte sich an Astaroth. »Stimmt das?«, fragte er.

Vielleicht, antwortete Astaroth. Er versuchte ein menschliches Schulterzucken nachzuahmen. Das Ergebnis sah allerdings einigermaßen albern aus. *Ich weiß so wenig wie ihr. Aber für einen Menschen ist dieser Gedanke ziemlich scharfsinnig.*

»Seht mal!«, sagte Chris plötzlich. Er war dichter an das Relief herangetreten und deutete mit dem ausgestreckten Finger auf eine kleine Zeichnung in der unteren linken Ecke. »Was ist denn das hier?«

Mike beugte sich neugierig vor. Das Bild war so klein, dass er es bisher nicht bemerkt hatte. Als er es genauer ansah, konnte er ein eisiges Schaudern nicht mehr ganz unterdrücken. Das Bild zeigte ein Ungeheuer, das wie eine bizarre Kreuzung zwischen einem Menschen, einer Krake und einem hässlichen Vogel aussah. Etwas Düsteres und ungemein Drohendes schien von dieser Abbildung auszugehen, obwohl sie viel kleiner als die meisten anderen auf dem Bild und offensichtlich und mit nicht sehr viel Geschick in den Stein hineingekratzt worden war.

»Irgendein Unsinn«, sagte Ben. »Auf solchen Bildern wimmelt es doch immer von Dämonen und Geistern.«

Irgendwie spürte Mike, dass es nicht die Wahrheit war – und eine Sekunde später bekam er den Beweis für dieses Gefühl.

Auch Astaroth war neugierig herangekommen, um einen Blick auf das steinerne Relief zu werfen, und die kleine Schwarzweiße war keinen Schritt von seiner Seite gewichen. Im gleichen Moment jedoch, in dem ihr Blick auf das Bild des unheimlichen Krakenwesens fiel, stieß sie ein erschrockenes Fauchen aus und wich ein Stück zurück.

Mike sah das Tier überrascht an. Die Augen der Katze funkelten. Ihr Fell hatte sich gesträubt und sie hatte drohend die Zähne gebleckt und die Krallen ausgefahren. Ein tiefes, warnendes Knurren drang aus ihrer Brust.

»Was hat sie?«, fragte Mike. Die Frage galt Astaroth, der ebenfalls den Kopf gedreht hatte und die Schwarzweiße aus seinem einzelnen Auge durchdringend ansah.

Woher soll ich das wissen?, antwortete Astaroth.

Mikes Geduld mit dem Kater neigte sich allmählich dem Ende zu. »Kannst du nun Gedanken lesen oder nicht?«, fragte er unwillig.

Sie ist ein Tier!, antwortete Astaroth beleidigt. *Du willst mir doch nicht zumuten, die Gedanken eines Tieres zu lesen?*

Mike packte blitzschnell zu, ergriff den Kater im Nacken und schüttelte ihn so derb, dass Astaroth ein erschrockenes Kreischen ausstieß und nach ihm schlug. Aber Mike hatte damit gerechnet und wich den Krallen des Katers ohne Mühe aus. »Ich mute dir gleich noch etwas ganz anderes zu!«, sagte er drohend. »Spar dir deine Scherze für einen besseren Moment auf, Astaroth! Vielleicht steht das Leben jedes einzelnen Menschen in dieser Stadt auf dem Spiel!«

Ist ja schon gut!, sagte Astaroth. *Ich versuche es! Aber lass mich gefälligst hinunter!*

Mike gehorchte. Der Kater entfernte sich vorsichtshalber einige Schritte von ihm und maß ihn dabei mit einem Blick, der nichts Gutes verhieß. Aber schließlich blieb er wieder stehen und begann die schwarzweiße Katze zu fixieren. Seine Haltung verriet große Konzentration.

Eine ganze Weile verging, dann entspannte sich der Kater wieder und schüttelte sich.

»Nun?«, fragte Mike ungeduldig.

Das war nicht leicht, sagte Astaroth. *Du hast ja keine Ahnung, wie schwer es ist, mit Wesen von geistig niedrigerem Stand Kontakt aufzunehmen. Schon bei euch –*

»Astaroth!«, sagte Mike warnend.

Schon gut, schon gut!, antwortete Astaroth hastig. *Du hattest Recht. Sie hat Angst.*

»Das ist mir auch aufgefallen!«, sagte Mike. »Aber wovor?«

Vor dem Bild. Genauer gesagt vor dem, was es zeigt. Ich konnte nicht viel erkennen, aber ich glaube, sie ... sie hat ein Wesen wie dieses schon einmal gesehen.

»Du meinst, in Wirklichkeit?«, vergewisserte sich Mike – obwohl Astaroth im Grunde nur das aussprach, was er schon längst vermutet hatte. »Dieses Geschöpf ... lebt es irgendwo?«

Ja. Sie ist ihm schon einmal begegnet.

Mike berichtete rasch, was er von Astaroth erfahren hatte,

und Trautmans Gesichtsausdruck wurde noch besorgter. »Wenn dieses Wesen wirklich das ist, was ich glaube, dann ist die Lage noch viel schlimmer, als ich bisher befürchtet habe«, sagte er.

»Wieso?«, erkundigte sich Mike.

Trautman deutete auf die ungeschickte Steinzeichnung. »Ich nehme an, das ist einer der Alten«, sagte er. »Und wenn er tatsächlich noch hier unten irgendwo lebt, dann sind Serena und die anderen in tödlicher Gefahr. Ihr könnt euch vorstellen, wo er lebt.«

»In der Alten Stadt«, murmelte Juan betroffen.

Trautman nickte. »Ja«, sagte er düster.

»Und?« Ben verzog das Gesicht. »Ich glaube nicht, dass die Fischmenschen ihr gefährlich werden können. Immerhin habe ich am eigenen Leibe erfahren, wozu sie fähig ist.«

»Du warst allein«, erinnerte Juan. »Sie sind viele. Vielleicht Hunderte.«

Ben lachte trocken. »Na, dann denk doch bitte einmal daran, was sie mit der LEOPOLD angestellt hat. Es hätte nicht viel gefehlt und sie hätte das Schiff mit Mann und Maus versenkt.«

»Du verstehst offenbar immer noch nicht«, sagte Trautman ernst. »Ich weiß nichts über die *Alten*, aber wenn sie tatsächlich die Feinde der Atlanter waren, dann müssen sie so mächtig gewesen sein wie sie. Serena war halb verrückt vor Angst, als sie aufwachte. Ich bin sicher, dass dieses Geschöpf gefährlich ist. Viel gefährlicher, als wir vielleicht ahnen.«

»Aber dann müssen wir sie warnen!«, sagte Mike.

Trautmann schüttelte traurig den Kopf. »Das würde nichts nutzen«, sagte er. »Sie weiß, was sie erwartet.« Er deutete wieder auf das Bild. »Sie kennt dieses Bild ebenfalls und viel besser als wir.« Er schloss für einen Moment die Augen, und als er weitersprach, klang seine Stimme niedergeschlagen und vollkommen mutlos. »Ich glaube, sie hatte es von Anfang an gewusst.«

Die Bedeutung dieser Worte wurde Mike erst nach einigen Sekunden völlig bewusst. »Sie ... Sie meinen, sie hat ...«

»... von der ersten Sekunde an vorgehabt, in die Alte Stadt zu gehen und ihre Beherrscher zum Kampf zu stellen, ja«, führte Trautman den Satz zu Ende. »Der Überfall heute war wahrscheinlich nur ein willkommener Anlass für sie.«

»Das glaube ich nicht!«, sagte Mike impulsiv. »Das ... das würde sie niemals tun!«

»Ich fürchte, doch«, sagte Trautman leise. »Sie sieht vielleicht aus wie ein ganz normales Mädchen, aber das ist sie nicht. Sie stammt aus einer Welt, die von der unseren vollkommen verschieden ist. Diese Wesen waren ihre Erzfeinde und das vielleicht seit Jahrtausenden. Wer weiß – vielleicht sind sie sogar letzten Endes Schuld am Untergang ihres Volkes gewesen. Sie hat gar keine andere Wahl, als dorthin zu gehen und es zu vernichten. Jedenfalls glaubt sie das.«

»Aber das kann ihr Tod sein!«, sagte Mike entsetzt.

»Und nicht nur ihrer«, murmelte Trautman. »Alle können dabei ums Leben kommen. Großer Gott, wenn dieses Geschöpf über die gleichen Kräfte verfügt wie Serena, dann kann diese ganze Welt vernichtet werden!«

»Und es gibt nichts, was wir dagegen tun können?«, fragte Ben.

»Wir könnten Denholm und die anderen warnen«, schlug Chris vor. »Wenn sie erfahren, was ihnen bevorsteht, werden sie Serena niemals folgen.«

»Dann würde sie allein gehen«, sagte Trautman. »Und das Ergebnis wäre vermutlich dasselbe. Außerdem wird sie niemals zulassen, dass wir den anderen die Wahrheit sagen. Nein – ich fürchte, wir können wirklich nichts anderes tun als hier bleiben und beten.«

Wir können fliehen, sagte Astaroth.

Mike blickte ihn an und eine wilde, fast verzweifelte Hoffnung machte sich in ihm breit. Dann schüttelte er den Kopf. »Nein, Astaroth«, sagte er, »das können wir nicht. Ich würde André niemals im Stich lassen.«

Lieber stirbst du?, fragte Astaroth.

Darauf antwortete Mike nicht. Vielleicht weil er Angst hatte, sich dieser Frage wirklich zu stellen. Große Worte von Freundschaft bis in den Tod sprachen sich leicht, aber es war etwas ganz anderes, sie einlösen zu müssen. Und vielleicht nur, um sich selbst zu beruhigen, fuhr er nach einem Augenblick fort: »Und selbst, wenn wir es wollten – wir könnten gar nicht weg. Serena hat die NAUTILUS unbrauchbar gemacht.«

Sie hat den Steuerkristall ausgebaut, ich weiß, sagte Astaroth leichthin. *Und wer sagt dir, dass es nur diesen einen gibt?*

Mike blinzelte. Wollte Astaroth damit etwa andeuten, dass es einen zweiten Steuerkristall gab?

Glaubst du wirklich, dass es für ein so wichtiges Teil an Bord des Schiffes keinen Ersatz gäbe?, fragte Astaroth in fast mitleidigem Ton.

»Ein zweiter Steuerkristall?«, murmelte Mike ungläubig. Trautman fuhr wie von der Tarantel gestochen herum und starrte ihn an und auch die anderen waren wie vom Donner gerührt. Aber keiner unterbrach sein stummes Zwiegespräch mit dem Kater.

Selbstverständlich, sagte Astaroth.

»Und du weißt, wo er ist?«

Selbstverständlich, sagte Astaroth noch einmal. *In einem sicheren Versteck an Bord des Schiffes. Ich kenne es.* Er lachte leise. *Ich habe es in Serenas Gedanken gelesen, weißt du? Sie hält mich für ein dummes Tier und deshalb ist sie gar nicht auf die Idee gekommen, dass ich ihre Gedanken ebenso deutlich lesen kann wie sie meine. Das ist wieder einmal typisch für euch Menschen. Ihr neigt dazu, andere immer für genauso dumm –*

»Wo?!«, unterbrach ihn Mike laut. Er streckte die Hand nach Astaroth aus. Der Kater wich hastig einen Schritt zurück und funkelte ihn misstrauisch an.

Ist ja schon gut, sagte er. *Ich zeige es euch. Sobald wir an Bord des Schiffes sind.*

»Es gibt einen zweiten Steuerkristall!«, sagte Mike aufgeregt. »Astaroth weiß, wo er ist.«

»Dann können wir fliehen?«, fragte Ben. »Wir müssen nur warten, bis alle weg sind, und können –«

»So lange können wir nicht warten«, unterbrach ihn Trautman. Er schüttelte verblüfft den Kopf. »Warum bin ich nicht gleich darauf gekommen? Natürlich! Es gibt für alles und jedes an Bord der NAUTILUS Ersatz. Bei etwas so Wichtigem werden sie es kaum vergessen haben! Vielleicht haben wir doch noch eine Chance! Aber wir müssen uns beeilen.« Er deutete auf

Chris. »Chris, geh zur Tür und pass auf, dass niemand kommt. Und ihr anderen helft mir. Wir müssen irgendwie hier heraus – am besten durch die Wand dort.« Er deutete auf eine der beiden Wände, die nicht aus massivem Stein bestanden. Wahrscheinlich war es wirklich kein großes Problem, dort einen gewaltsamen Ausgang zu schaffen.

Aber Mike – und auch Ben und Juan – zögerten, Trautmans Befehl nachzukommen. »Wozu diese Eile?«, fragte Ben. »Es ist noch über eine Stunde Zeit, bis sie aufbrechen.«

»Wenn wir vorher fliehen, laufen wir nur Gefahr, wieder eingefangen zu werden«, fügte Juan hinzu.

»Das müssen wir riskieren«, erwiderte Trautman. »Sie würde sofort wissen, was wir planen, wenn sie noch einmal hierher kommt. Und ich bin fast sicher, dass sie das tut. Nein.« Er schüttelte entschlossen den Kopf und deutete erneut auf die Wand. »Wenn wir fliehen, dann jetzt sofort, ohne noch eine Sekunde zu verlieren. Außerdem glaube ich nicht, dass sie uns verfolgen lässt. Sie hat im Moment anderes zu tun. Schnell jetzt – helft mir!«

Das Material der Wände erwies sich als weitaus zäher, als Mike geglaubt hatte. Was wie brüchiges Holz aussah, entpuppte sich als steinharte Äste der Korallengewächse, aus denen der Wald draußen bestand. Sie benötigten ihre ganze Kraft, um eine Öffnung hineinzubrechen, durch die sie sich hindurchquetschen konnten – und die Aktion verursachte einen Lärm, dass sich Mike wunderte, dass nicht der halbe Ort zusammengelaufen kam, um nach seiner Ursache zu sehen. Aber schließlich hatten sie es geschafft und Singh kroch als Erster ins Freie um sich umzusehen. Schon nach einem Augenblick streckte er den Arm wieder durch die Öffnung herein und winkte.

»Es ist alles ruhig«, sagte er. »Kommt.«

Nacheinander krochen sie durch die Öffnung ins Freie. Mike sah sich mit klopfendem Herzen um. Sie befanden sich auf der Rückseite des Hauses. Von den Bewohnern der Stadt war keine Spur zu entdecken, und der Waldrand war nur wenige Schritte entfernt. Es schien, als meinte es das Schicksal ausnahmsweise einmal gut mit ihnen.

Trotzdem klopfte sein Herz bis zum Zerreißen, als er Trautman und den anderen geduckt zum Waldrand folgte, und er wagte es erst, stehen zu bleiben, als sie sich ein gutes Stück weit zwischen den sonderbaren, an Bäume erinnernden Korallengewächsen befanden. Jeden Moment rechnete er damit, einen warnenden Ruf zu hören oder gleich eine Horde bewaffneter Verfolger hinter sich auftauchen zu sehen. Aber weder das eine noch das andere geschah. Unbehelligt entfernten sie sich weiter von der Stadt und schlugen nach einer Weile wieder den direkten Weg zum Strand ein.

Sie erreichten ihn schon nach wenigen Minuten – und sie hatten ein zweites Mal Glück. Das Boot, mit dem sie zurückgebracht worden waren, lag noch da, wo sie es verlassen hatten. Im Laufschritt eilten sie darauf zu und Trautman ging als Erster an Bord, dicht gefolgt von Singh.

Mike, der den Abschluss bildete, wurde immer langsamer. Sein Blick suchte forschend den Waldrand ab, löste sich schließlich davon und blieb an den düsteren Umrissen der Alten Stadt auf der anderen Seite der Bucht hängen. Und schließlich blieb er stehen. Er spürte wieder das Fremde, Unheimliche, das von den bizarren Mauern und Türmen ausging, aber jetzt war da noch mehr. André war dort drüben und Sarah auch.

Und plötzlich wusste er, dass der Kater Unrecht gehabt hatte. Ganz egal, was geschah, er würde seinen Freund niemals im Stich lassen.

»Worauf wartest du?«, rief Ben vom Boot aus. Er hatte eines der großen Ruder ergriffen und stemmte es bereits in den Sand, um das Boot ins freie Wasser zu stoßen.

»Fahrt schon vor«, antwortete Mike. »Ich komme nach, sobald ich kann.«

»Was soll das heißen?« Ben ließ das Ruder wieder sinken und auch Juan und Singh sahen Mike erschrocken an. Einzig Trautman wirkte nicht überrascht. »Wir haben keine Zeit für irgendwelchen Unsinn!«

»Ich gehe und hole André«, antwortete Mike entschlossen. Er deutete auf die Alte Stadt. »Macht die NAUTILUS seetüchtig. Ihr könnt André und mich dort drüben abholen. Ich werde euch schon finden.«

»Bist du verrückt geworden?«, entfuhr es Ben. »Du weißt ja nicht einmal, ob er überhaupt noch am Leben ist!«

»Das werde ich schon herausfinden«, antwortete Mike. Er wandte sich um, lief aber noch nicht los, sondern tauschte einen Blick mit Trautman. Der weißhaarige alte Mann sah sehr besorgt drein, aber Mike las in seinen Augen, dass er nicht versuchen würde ihn zurückzuhalten. Vielleicht war er der Einzige, der spürte, dass Mike tat, was er tun musste. Er würde es sich nie verzeihen können, wenn sie André jetzt einfach hier zurückließen.

»Ich schätze, ich brauche eine Stunde, um die Stadt zu erreichen«, fuhr er fort. »Gebt mir eine weitere Stunde. Wenn ich bis dahin nicht dort drüben bin, braucht ihr nicht mehr auf mich zu warten.«

Und damit lief er los, so schnell, dass weder Ben noch einem der anderen die Zeit blieb, ihn noch einmal zurückzurufen.

Er kam besser voran, als er gedacht hatte, sodass die Stunde, von der er gesprochen hatte, noch nicht einmal annähernd vorüber war, als er sich der Alten Stadt näherte. Der Weg war zwar weit, aber er blieb auf dem Strand, und er war ein ausdauernder Läufer, sodass er allmählich die Hoffnung zu fassen begann, vielleicht doch noch vor Serena und ihrer Armee anzukommen, um ...

Ja, was eigentlich zu tun?

Mike hatte sich die Frage bis zu diesem Zeitpunkt ganz bewusst nicht gestellt, vielleicht, weil er gespürt hatte, dass er die Antwort darauf nicht so einfach finden würde. Aber nun, wo er sich den gewaltigen, einwärts geneigten Mauern der zyklopischen Stadt näherte, musste er es, ob er wollte oder nicht.

Mikes Mut sank, während er sich vorsichtig an eine der zahllosen Lücken in der Stadtmauer heranschob und hindurchspähte. Von weitem hatte er sie für eine Art Festung gehalten, wuchtig und kompakt, aber nicht viel größer als die Stadt, in der Denholm und das Volk lebten. Aber das stimmte nicht. Die riesige Wand, die sich vor ihm scheinbar bis in den Himmel erhob, war eine Stadtmauer, hinter der sich ein wahres Labyrinth von Häusern, Türmen und sonderbaren, ineinander verschachtelten

Gebäuden erstreckte. Ihr Alter musste unvorstellbar sein, und die Zeit hatte ihre Spuren darin hinterlassen: Hier gähnte eine Öffnung, durch die die NAUTILUS hätte hindurchfahren können, da ein Riss, der von weitem nur wie eine dünne Linie ausgesehen hatte, aber reichte, ihn bequem passieren zu lassen, dort war ein Loch hineingebrochen, als hätte jemand mit einem gigantischen Hammer auf die Wand eingeschlagen. In die Stadt *hineinzukommen* war nicht das Problem.

Aber wie um alles in der Welt sollte er André in diesem Irrgarten finden? Wenigstens war von den unheimlichen Bewohnern der Stadt nichts zu sehen – die schwarzen Straßen lagen wie ausgestorben vor ihm, nirgends war Bewegung, nirgends Leben. Trotzdem hatte er das Gefühl, beobachtet zu werden.

Einen Moment später wurde aus diesem Gefühl Gewissheit, denn er hörte ein leises Rascheln, und dann tauchte ein schwarzer, struppiger Schatten neben ihm auf.

»Astaroth!«, murmelte Mike überrascht. »Was machst du denn hier?«

Das frage ich mich auch, antwortete der Kater spöttisch. *Wahrscheinlich das, was ich in letzter Zeit andauernd tun muss – ich helfe dir aus der Patsche.*

Die Situation war zu ernst, als dass Mike Zeit damit verschwendet hätte, auf Astaroths herablassenden Ton einzugehen. Er war erleichtert wie selten zuvor, den Kater zu sehen. »Was ist mit der NAUTILUS?«, fragte er. »Haben sie sie flottbekommen?«

Selbstverständlich, antwortete Astaroth. *Mit dem Ersatzkristall war es gar kein Problem. Ich soll dir sagen, dass sie in*

genau einer Stunde hier sind. Serena wird vor Wut explodieren, wenn sie ihr Schiff davonfahren sieht. Schade, dass ich nicht dabei sein kann, um den Anblick zu genießen.

Mike wandte seine Aufmerksamkeit wieder der Stadt zu und erneut machte sich ein Gefühl von Mutlosigkeit in ihm breit. Die Stadt schien jedes Mal größer zu werden, wenn er hinsah. Mike schätzte, dass sich in diesem Labyrinth einige zehntausend Menschen verstecken konnten, ohne dass er eine Chance hätte, sie zu finden.

Stimmt, sagte Astaroth in fast fröhlichem Ton. *Wenn du mich nicht hättest, wärst du aufgeschmissen – aber das kennen wir ja schon.*

»Soll das heißen, du weißt, wo er ist?«, fragte Mike.

Nein, antwortete Astaroth. *Aber ich weiß, wo der Alte ist. Ich habe die Gedanken der Beklop... na, du weißt schon, gelesen. Und ich verwette mein linkes Auge, dass André und das blonde Menschenjunge auch dort sind.*

Astaroth hatte kein linkes Auge, was seinen Worten nicht gerade viel Überzeugungskraft gab, aber Mike war von sich aus schon zu dem gleichen Schluss gekommen wie der Kater. »Und wo?«, fragte er.

Es gibt ein großes Gebäude genau im Zentrum der Stadt, erwiderte Astaroth. *Es sieht aus wie eine Pyramide. Dort drinnen ist er.* Er huschte zwischen Mikes Beinen hindurch und trat durch die Öffnung in der Stadtmauer. *Kommst du mit oder ziehst du es vor, mich allein die ganze Arbeit tun zu lassen?*

Mike hätte das in diesem Moment tatsächlich liebend gerne getan. Alles in ihm sträubte sich dagegen, dem Kater zu folgen.

Die bloße Nähe der Stadt erfüllte ihn mit Unbehagen, und der Gedanke, sie zu *betreten*, mit purer Angst. Von weitem hatte die Stadt unheimlich und düster gewirkt, aber aus der Nähe war sie ein zu Stein gewordener Albtraum. Die vorherrschende Farbe war Schwarz, aber es war ein Schwarz von einer Tiefe, die etwas in ihm zu berühren und zum Absterben zu bringen schien.

Die Architektur war fremd und Furcht einflößend. Manche der Gebäude, an denen sie vorüberkamen, sahen beinahe normal aus, andere wiederum waren kaum als Häuser zu erkennen, sondern schienen vielmehr etwas *Lebendiges* zu sein. Die Welt, durch die sie sich bewegten, folgte auch nicht der gewohnten Geometrie. Alle Linien und Winkel stimmten irgendwie nicht und jeder Fußbreit Boden strahlte ein Gefühl der Fremdartigkeit aus, das Mike schaudern ließ. Diese Stadt war nicht von Menschen errichtet worden und vor allem: Sie war nicht *für* Menschen errichtet worden. Mike begriff plötzlich, warum Denholm und die anderen so weit von ihr entfernt auf der anderen Seite der Bucht lebten. Es hatte gar nichts mit den Fischmenschen zu tun. Sie hätten hier gar nicht leben können, selbst wenn es ihre unheimlichen Bewohner nicht gegeben hätte.

Irgendetwas ist hier. Es macht mir Angst.

Plötzlich blieb Mike stehen. Er hatte eine Bewegung aus den Augenwinkeln wahrgenommen, aber als er sich umdrehte und genauer hinsah, war da nichts.

Was ist?, fragte Astaroth alarmiert.

»Nichts«, antwortete Mike. »Ich muss mich ... getäuscht haben. Ich dachte, ich hätte etwas gesehen. Aber das hättest du ja gespürt, oder?«

Zu seiner nicht geringen Beunruhigung antwortete Astaroth nicht, sondern begann sich nur ebenfalls misstrauisch umzublicken, sodass Mike schließlich weiterging. Nach ein paar Schritten blieb er wieder stehen und hob die Hand. »Dort!«, sagte er. »Das muss die Pyramide sein, von der du gesprochen hast.«

Er deutete auf ein schwarzes, gewaltiges Bauwerk, das sich über den Dächern der Häuser vor ihnen erhob und eigentlich nur eine entfernte Ähnlichkeit mit einer Pyramide hatte. Aber obwohl Astaroth nicht auf seine Worte reagierte, wusste Mike, dass dies ihr Ziel war. Das Gebäude strahlte die gleiche Fremdartigkeit und Kälte aus wie die gesamte Stadt, nur viel intensiver. Es bereitete Mike schon Unbehagen, es nur anzusehen.

Das Gefühl wurde stärker, je weiter sie sich der Pyramide und damit dem Zentrum der Stadt näherten. Der Gedanke an sich mochte zwar vollkommen absurd sein, aber Mike war tief in sich immer mehr davon überzeugt, dass diese ganze Stadt irgendwie lebendig und die schwarze Pyramide im Zentrum so etwas wie ihr Herz war.

»Wo sind sie alle?«, fragte er nach einer Weile.

Wer?, erwiderte Astaroth.

»Die Fischmenschen«, antwortete Mike. »Sieh dich doch um. Diese Stadt ist groß genug für Zehntausende von ihnen. Wo um alles in der Welt sind sie?«

Es hatte nicht damit gerechnet, aber nach ein paar Sekunden antwortete Astaroth: *Auf jeden Fall weit weg. Wären sie in der Nähe, würde ich ihre Gedanken spüren. Vielleicht sind sie Serena entgegengegangen.*

Mike fuhr erschrocken zusammen. Auf diesen Gedanken war

er noch gar nicht gekommen – obwohl er an sich nahe lag. Er wollte nicht daran denken, was das bedeuten würde – die Vorstellung, dass vielleicht alles, was Astaroth und er taten, schon vergebens sein könnte, war einfach zu schrecklich.

Noch ein paar Mal glaubte Mike eine Bewegung zu gewahren und zumindest einmal war er vollkommen sicher, einen Schatten davonhuschen zu sehen, aber sie erreichten die schwarze Pyramide im Zentrum der Stadt unbehelligt, und schließlich lag der Eingang zu dem unheimlichen Gebäude vor ihnen.

Mike zögerte, es zu betreten. Es gab keine Wächter, kein Tor, nicht das mindeste Hindernis – aber schon der bloße Gedanke, einen Fuß in den verzerrten, von Schatten erfüllten Korridor jenseits der Tür zu setzen, erfüllte ihn mit fast körperlicher Übelkeit. Er spürte, dass diese Pyramide so sehr Teil einer fremden, nicht für Menschen geschaffenen Welt war, dass er darin nicht würde existieren können; wenigstens nicht lange und nicht ohne einen Preis dafür zu zahlen.

Willst du umkehren?, flüsterte Astaroths Stimme in seinen Gedanken. *Ich könnte es verstehen. Mir ist auch nicht besonders wohl bei der Vorstellung, dort hineinzugehen.*

Einen Moment lang war Mike tatsächlich versucht, genau das zu tun – umzukehren und so weit und so schnell zu laufen, wie er nur konnte. Aber André war dort drinnen, und wenn er schon hier draußen halb verrückt vor Angst und Entsetzen wurde, wie musste es dann erst seinem Kameraden ergehen, der irgendwo in diesem Albtraum aus Stein und Schwärze gefangen gehalten wurde?

Statt zu antworten trat er mit einem entschlossenen Schritt durch die Tür hindurch. Astaroth folgte ihm, wenn auch zögernd.

Langsam bewegten sie sich durch den Gang, der sich hinter der Tür erstreckte. Mikes Herz klopfte zum Zerspringen. Alle seine Sinne schienen verrückt zu spielen – ihm war gleichzeitig heiß und kalt. Seine Augen schmerzten, und es war ihm unmöglich, irgendeinen Punkt in seiner Umgebung länger als eine Sekunde zu fixieren. Der Gang erstreckte sich vollkommen gerade vor ihnen, und trotzdem behauptete sein Gleichgewichtssinn, dass er bergauf ging; dann wieder hatte er das irrsinnige Gefühl, kopfunter an der Decke entlangzumarschieren ... Er durfte nicht zu lange hier drinnen bleiben, das wusste er, wenn er nicht Gefahr laufen wollte, tatsächlich den Verstand zu verlieren.

Auch sein Zeitgefühl verließ ihn. Seine Logik behauptete, dass sie erst wenige Augenblicke hier drinnen sein konnten, allerhöchstens ein paar Minuten, aber ihm kam es vor, als wären Stunden vergangen, als sie endlich das Ende des Korridores erreichten. Vor ihnen lag eine mächtige Tür aus schwarzem Stein, in die bizarre Bilder und Muster eingraviert waren, deren Anblick Mike schwindeln ließ. Das größte Problem aber war, dass sich der Gang vor dieser Tür gabelte und sowohl auf der rechten als auch auf der linken Seite nach wenigen Schritten vor einer weiteren, ebenso mächtigen Tür endete. Und Mike wagte es nicht, auf gut Glück loszugehen – wenn sie sich hier drinnen verirrten, würden sie nie wieder herausfinden.

»Kannst du sie spüren?«, fragte er.

Astaroth sah sich unsicher nach beiden Seiten um, machte einen Schritt nach rechts, dann nach links und kehrte schließlich wieder zu Mike zurück. *Dort.* Er wies mit einer Kopfbewegung auf die erste Tür. *Er ist dort. Das Mädchen auch.*

Mike überwand seine Furcht, trat dicht an das Portal heran und legte die Hand auf den schwarzen Stein. Er war darauf gefasst, mit aller Gewalt drücken zu müssen, denn jeder der beiden gewaltigen Torflügel musste Tonnen wiegen, aber er hatte sie kaum berührt, da schwangen sie vollkommen lautlos und wie von Geisterhand bewegt zur Seite.

Dahinter lag eine riesige, finstere Halle, die groß genug schien, Denholms gesamte Stadt aufzunehmen. Sie war vollkommen leer. Die Wände waren schwarz und glatt, schienen aber trotzdem auf unheimliche Weise zu leben; es war, als bewegten sie sich. Genau in der Mitte des Saales befand sich ein runder, bestimmt dreißig Meter durchmessender Schacht, aus dessen Tiefe ein unheimliches, blassgrünes Leuchten heraufdrang. Und auf der anderen Seite dieses Schachtes, dicht an seinem Rand, befanden sich André und das Mädchen.

»André!« Mike rannte mit einem gellenden Schrei los.

André hob mühsam den Kopf und sah ihm entgegen. Er saß auf dem Boden und hatte Sarahs Kopf in seinen Schoß gebettet. Das Mädchen wies keine äußerlichen Verletzungen auf, aber es schien besinnungslos zu sein. Andrés linke Hand strich immer wieder über ihre Stirn, ohne dass er sich der Bewegung selbst bewusst zu sein schien.

»André! Was ist passiert?« Mike langte schwer atmend bei

dem Jungen an, fiel vor ihm auf die Knie und berührte ihn an den Schultern. »Bist du verletzt?«

André schüttelte schwach den Kopf. Sein Gesicht war kreidebleich und seine Stimme so dünn und ausdruckslos, dass Mike Mühe hatte, die Worte überhaupt zu verstehen, als er antwortete.

»Nein. Er hat mir nichts getan. Aber Sarah. Er hat sie berührt, und ... und seitdem ist sie so.«

»*Er?*« Mike sah André fragend an, dann beugte er sich zu Sarah hinab. Das Mädchen war am Leben, aber noch bleicher als André, und sein Atem war flach und kaum noch wahrnehmbar. »Wen meinst du mit *er*?«

Statt einer Antwort deutete André auf den Schacht, und Mike drehte sich herum und warf einen Blick in die Tiefe. Der Anblick ließ ihn schwindeln. Er wusste nicht, was Wirklichkeit und was ein weiteres Trugbild war, aber zumindest im ersten Moment glaubte er in einen Abgrund von mindestens einer Meile Tiefe zu blicken. Seine Wände schienen zu pulsieren, und an seinem Grund brodelte ein See aus kochendem Wasser, das von einem unheimlichen grünen Licht durchdrungen war.

»Ich kann sie nicht wachbekommen«, murmelte André. Seine Stimme zitterte. »Ich weiß nicht, was er mit ihr gemacht hat. Sie ... sie wacht einfach nicht auf.«

Mike streckte die Hände nach dem Mädchen aus, aber dann wagte er es doch nicht, es zu berühren. Sarah lag tatsächlich wie eine Tote in Andrés Schoß, unbeschadet des Umstandes, dass sie noch atmete. Mike fühlte sich hilflos wie nie zuvor im Leben. Schließlich wandte er sich an Astaroth.

»Was ist mit ihr?«, fragte er. »Kannst du etwas erkennen?«

Der Kater bewegte sich auf das Mädchen zu, sprang nach einem kurzen Zögern auf seine Brust und begann ihr Gesicht abzulecken. Er schnurrte leise, aber es war kein zufriedener Laut, sondern eher ein Geräusch, das Furcht auszudrücken schien.

Sie lebt, sagte er schließlich. *Aber etwas ist mit ihr geschehen. Sie ist ... verändert.*

»Verändert?«, fragte Mike.

Irgendetwas ist nicht mehr da, antwortete Astaroth. *Ich weiß nicht, was, aber jetzt ... ist sie wie ihr.*

»Wie wir?«, wiederholte Mike. »Was meinst du damit? War sie denn vorher anders?«

Ja, antwortete Astaroth. *Viele hier sind anders. Mehr wie Serena als wie ihr.*

»Mehr wie Serena als wir ...« Die Worte schienen irgendetwas in Mike zu bewirken. Für einen Moment hatte er das Gefühl, ihre Bedeutung zu erkennen, aber dann entschlüpfte ihm der Gedanke wieder. Mit einem entschlossenen Ruck richtete er sich wieder auf und streckte André die Hand entgegen. »Komm!«, sagte er. »Wir müssen hier raus. Schnell. Trautman wartet draußen mit der NAUTILUS auf uns!«

André rührte sich nicht. Kurz entschlossen bückte sich Mike und hob Sarah auf die Anne. Das Mädchen war erstaunlich leicht und es reagierte auf die Berührung und begann leise zu stöhnen, wachte aber nicht auf.

»Schnell jetzt!«, keuchte Mike. »Nichts wie raus hier!«

Er fuhr herum – und im gleichen Moment wusste er, dass es zu spät war.

Mike spürte es, eine halbe Sekunde bevor Astaroth mit einem entsetzten Kreischen zurückprallte und das Wasser auf dem Grund des Schachtes stärker zu brodeln begann. Etwas kam. Etwas Gewaltiges, unvorstellbar Altes und Mächtiges.

Das grüne Leuchten am Grunde des Schachtes verstärkte sich, bis die ganze Halle in einem unwirklichen, kalten grünen Feuer zu erstrahlen schien. Ein unheimliches, elektrisches Knistern erfüllte die Luft, und Mike hatte plötzlich das Gefühl, am ganzen Körper von unsichtbaren Spinnweben berührt zu werden.

Und dann erschien der Koloss.

Das grüne Feuer verdichtete sich unmittelbar vor Mike zu einem Ball aus reiner, lodernder Glut, in deren Zentrum sich ein massiger Körper bildete.

Es war das Geschöpf vom Relief, aber was vor Mike und André auftauchte, das war kein Bild, sondern ein lebendes, gewaltiges Wesen, ein Ding mit einem massigen, zweibeinigen Körper, einem riesigen Schädel und weit gespannten, ledrigen Schwingen, von denen glitzerndes Wasser wie geschmolzenes Metall herablief. Ein Dutzend riesiger Krakenarme wuchs wie ein Wald peitschender Schlangen aus dem aufgeblähten Schädel heraus, der ganz von einem Paar übergroßer, rot leuchtender Augen ohne Pupillen beherrscht wurde.

Mike hatte gewusst, dass der *Alte* groß war, obwohl er ihn nur als winzige Abbildung auf dem Stein gesehen hatte, aber was da vor ihm stand, das war kein Riese, sondern ein Gigant, mindestens fünf Meter groß und unvorstellbar stark. Seine Schwingen hatten die Größe von Segeln und die zuckenden Krakenarme waren dicker als Mikes Oberschenkel.

Das Geschöpf war ein Ungeheuer, wie es entsetzlicher in keinem Albtraum vorkommen konnte, aber tausendmal schlimmer als das, was er sah, war das, was er *spürte*. Dieses Wesen war alt, unglaublich alt. Und es war so fremd und unverständlich wie diese Pyramide, denn sie waren beide Teile einer Welt, die sich vollkommen von der der Menschen unterschied, so sehr, dass beide zusammen an einem Ort nicht existieren konnten. Etwas in Mike krümmte sich vor Entsetzen, als sich die gewaltigen Krakenarme nach ihm ausstreckten, aber er war unfähig, davonzulaufen. Die bloße Nähe des *Alten* lähmte ihn vollkommen.

Dann berührten ihn die peitschenden Arme.

Er spürte ... nichts.

Der Schmerz, vielleicht der Tod, auf den er gefasst war, kam nicht. Die Haut des Ungeheuers war glatt, warm und trocken, und obwohl seine Kraft ausreichen musste, einen Elefanten in Stücke zu reißen, war seine Berührung sanft, ein behutsames Tasten und Suchen statt des tödlichen Schlages, den Mike erwartete.

Und dieses Suchen ging tiefer als nur bis zu seiner Haut. Er spürte, wie eine zweite, unsichtbare Hand in seine Gedanken griff, seine Erinnerungen und sein Selbst, bis in die verborgensten Winkel seiner Seele vordrang – und sich wieder zurückzog. Einen Moment lang stand der Titan noch da und starrte ihn aus seinen unheimlichen, blutroten Augen an, dann begann er zu verblassen und zog sich wieder in jene andere Dimension zurück, aus der er gekommen war.

Mike taumelte. Plötzlich hatte er nicht mehr die Kraft, Sarah zu halten. Er fiel auf die Knie herab, ließ das Mädchen zu Boden gleiten und musste sich im nächsten Moment mit beiden Händen abstützen, um nicht selbst zu fallen. In seinem Kopf drehte sich alles. Er fühlte sich ausgelaugt und leer. Jedes bisschen Kraft schien aus ihm gewichen zu sein. Für eine Sekunde musste er mit aller Gewalt gegen eine Ohnmacht ankämpfen.

Als sich die grauen Schleier vor seinen Augen lichteten, stand André über ihm. »Alles in Ordnung?«, fragte er.

Mike versuchte zu nicken, brachte aber kaum die Kraft dazu auf. »Was ... was war das?«, fragte er mühsam.

André zuckte mit den Achseln und sank auch auf die Knie, um nach Sarah zu sehen. »Ich weiß es nicht«, antwortete er. »Dasselbe hat er auch mit mir gemacht. Ich habe gedacht, mein Leben wäre zu Ende, aber er hat mir nichts getan. Als ob er kein Interesse an mir hätte.« In diesem Moment öffnete Sarah die Augen. Sie blinzelte ein paar Mal, dann richtete sie sich mühsam auf und sah sich um, verwirrt und benommen, als hätte sie Mühe, sich zu erinnern, wo sie war.

»Sarah!«, rief André. »Wie fühlst du dich? Bist du in Ordnung?«

Sarah nickte. Dann schüttelte sie den Kopf und sagte langsam: »Was ist geschehen?«

»Du erinnerst dich nicht?«, wollte André wissen.

Das Mädchen schüttelte wieder den Kopf, stöhnte und hob die Hand an die Stirn. »Ich weiß nicht«, murmelte es. »Da war ... *das Ungeheuer!*« Sie stieß einen leisen Schrei aus, sprang auf die Füße und sah sich wild um.

Mike hob beruhigend die Hand. »Keine Sorge!«, sagte er rasch. »Er ist fort. Er wird uns nichts mehr tun.« Diese Behauptung entsprang mehr seiner Hoffnung als wirklicher Überzeugung, aber sie schien das Mädchen trotzdem zu beruhigen. Sarah hörte auf zu zittern, aber sie sah Mike und André vollkommen verstört an.

»Versuch dich zu erinnern!«, sagte Mike beschwörend. »Was ist geschehen? Was hat er mit dir gemacht?«

»Gemacht?« Sarah blickte ihn verständnislos an. »Ich verstehe nicht ... was ... was meinst du?«

Mike hätte vor Hilflosigkeit beinahe aufgeschrien. Er hatte das Gefühl, der Wahrheit ganz nahe zu sein. Aber immer, wenn er danach greifen wollte, huschte sie im letzten Augenblick davon.

Sie ist jetzt so wie ihr. Das war es, was Astaroth gesagt hatte. *Nicht mehr wie Serena.* Aber was um alles in der Welt hatte er damit gemeint?!

Sie ist jetzt so wie ihr, nicht mehr so wie Serena. Viele sind hier wie sie.

Und dann, ganz plötzlich, von einem Sekundenbruchteil auf den anderen, wusste er es. Die Erkenntnis stand so klar und deutlich in seinem Bewusstsein, dass es keinen Zweifel daran gab.

»Um Gottes willen!«, stöhnte er. »André, ich weiß jetzt, was das alles bedeutet.« Er fuhr herum und deutete auf den Ausgang. »Schnell! Wir müssen zu Serena und den anderen! Vielleicht können wird das Schlimmste noch verhindern!«

Er rannte los, ehe André auch nur den Mund aufmachen konnte um eine Frage zu stellen.

Obwohl Mike rannte wie nie zuvor im Leben, hörte er schon von weitem, dass sie zu spät kamen. Der Lärm der Schlacht drang ihnen entgegen, als sie sich dem Stadttor näherten, ein Dröhnen und Klirren, in das sich immer wieder gellende Schreie mischten, und über der Mauer tobte ein Gewitter aus blauen Blitzen und knisternder, magischer Energie.

Als sie durch das Tor stürmten, erwartete sie ein entsetzlicher Anblick.

Serena hatte sich nicht damit begnügt, die Männer mitzunehmen, die bei dem Überfall auf die NAUTILUS dabei gewesen waren, sie hatte jeden mitgebracht, der in der Lage war, eine Waffe zu halten – Männer, Frauen, aber auch Kinder und Alte. Von den knapp dreihundert Mitgliedern des Volkes waren sicher zweihundertfünfzig vor den Toren der alten Stadt erschienen, um Serena bei ihrem Krieg gegen die Fischmenschen zu unterstützen.

Und wie es aussah, waren sie ihr geradewegs in den sicheren Tod gefolgt.

Der Platz vor dem Tor war eine Falle.

Es waren Hunderte und Aberhunderte von Fischmenschen, die Serena und ihrem zusammengewürfelten Heer hier aufgelauert hatten. Der Kampf konnte erst vor kurzem entbrannt sein, aber der Widerstand des Volkes begann schon jetzt zu erlahmen. Dutzende von ihnen lagen bereits reglos auf dem Boden und das Häufchen Überlebender wurde unbarmherzig weiter zusammengetrieben. Die Menschen wehrten sich tapfer mit Schwertern, Gewehren, Messern oder auch einfach nur Knüppeln, aber die Übermacht war einfach zu groß. Wäre Serena nicht gewesen, dann wären sie wahrscheinlich schon im ersten Augenblick einfach überrannt worden.

Das Mädchen stand im Zentrum des kleiner werdenden Kreises Verzweifelter, die den Ansturm der Fischmenschen aufzuhalten versuchten, und sie hatte ihre magischen Kräfte nunmehr vollends entfesselt. Direkt über ihr blitzte und wetterleuchtete es ununterbrochen in der Luft – Serenas Gestalt war von blauen Flammen umgeben. Sie stand da wie ein lebendig gewordener Racheengel, der gekommen war, um einen uralten Kampf zu Ende zu bringen. Ihre Hände spien blaue Funken, und wo immer diese einen der Angreifer trafen, wurde er von den Füßen gerissen und mit fürchterlicher Kraft zu Boden geschleudert.

Und trotzdem bestand am Ausgang des Kampfes nicht der geringste Zweifel. Die Übermacht war zu gewaltig. Mike entdeckte Denholm und auch Malcolm unmittelbar neben Serena. Beide wehrten sich mit verbissener Kraft gegen die Angreifer, denen es immer wieder gelang, den Ring der Verteidiger zu durchbrechen und Serena direkt zu attackieren, aber auch ihre Gegenwehr wurde bereits schwächer.

»*Serena! Nein! Hör auf!*«, schrie Mike. Er rannte verzweifelt auf Serena zu, so schnell er konnte, und ihm wurde dabei nicht einmal bewusst, dass sich die Reihen der Fischmenschen vor ihm teilten. Keines der riesigen Geschöpfe, von denen jedes einzelne in der Lage gewesen wäre, ihn mühelos zu überwältigen, griff ihn an. Und auch Denholms Leute wichen vor ihm zurück, sodass er unbehelligt bis zu Serena vordringen konnte.

»Hört auf!«, schrie er immer wieder. »Hört alle auf! Das ist doch Wahnsinn!«

Und etwas Unheimliches geschah. Als wären seine Worte ein Befehl gewesen, gegen den es keinen Widerspruch gab, erlosch der Kampf rings um ihn herum. Die Fischmenschen zogen sich ein Stück von ihren schon fast besiegten Gegnern zurück und Denholms Krieger ließen ihre Waffen sinken. Es war, als hielte die Schlacht für einen Moment den Atem an.

Auch Serena hatte die Arme gesenkt. Ihre Hände hatten aufgehört blaues Feuer zu verschleudern, aber ihre Gestalt war noch immer in einen Mantel knisternder, kalter Glut gehüllt. Ihre Augen schienen zu brennen, während sie Mike anstarrte.

»Du bist also immer noch da«, sagte sie hämisch. »Hast du dich endlich entschieden, zu welcher Seite du gehörst? Ich wusste, dass du ein Feigling bist, aber ich habe nicht geglaubt, dass du auch ein Verräter bist!«

»Serena!« Mike blieb zwei Schritte vor dem Mädchen stehen und rang keuchend nach Luft. »Ihr müsst aufhören!«, fuhr er mühsam fort. »Sie sind nicht eure Feinde!«

»Ach?« Serena lachte böse. Sie deutete auf die reglosen, blutenden Gestalten auf dem Boden. »Und wie nennst du das?«

»Bitte, hör mir zu!«, sagte Mike verzweifelt. »Ihr werdet alle sterben, wenn ihr diesen Kampf fortsetzt!«

»Dann sterben wir eben!«, antwortete Serena. »Das ist immer noch besser, als Sklaven dieser Bestien zu sein!«

»Aber sie sind nicht eure Feinde!«, antwortete Mike in beschwörendem Ton. »Sieh doch!«

Er trat einen Schritt zur Seite und deutete auf André und

Sarah, die ihm gefolgt waren, jetzt aber in einiger Entfernung stehen blieben. »Sie haben ihnen nichts getan!«

Serena musterte André und Sarah verblüfft und Malcolm stieß einen Schrei aus, rannte an Mike vorbei und schloss seine Tochter in die Arme.

»Das ist ... ein Trick«, sagte Serena. »Ein Köder, damit wir uns ergeben und sie kampflos gewinnen!«

»Nein!«, antwortete Mike. »Bitte, Serena, glaub mir. Sie sind nicht eure Feinde. Das sind sie nie gewesen. Das Wesen, das ihr den *Alten* nennt, will nicht euren Tod. Er will nur wiederhaben, was ihm gehört!«

Serena maß ihn mit einem langen, misstrauischen Blick. Sie sagte nichts und in ihren Augen glomm noch immer dieses verzehrende Feuer – aber darinnen war auch plötzlich noch etwas anderes, das Mike Mut machte, weiterzusprechen.

»Du hattest Recht, als du behauptet hast, dass deine Vorfahren diese Stadt hier errichtet haben«, sagte er. »Aber sie haben sich dabei einer Kraft bedient, die ihnen nicht gehörte.«

»Unsinn!«, widersprach Serena heftig, aber in einem Tonfall, der Mike endgültig davon überzeugte, dass er die Wahrheit sprach.

»Nein, Serena«, widersprach er. »Die magischen Kräfte der Atlanter haben nie ihnen gehört. Sie haben sie gestohlen. Sie haben den Weg in eine andere Welt gefunden und etwas von dort mitgebracht, was ihnen nicht gehörte. Und du weißt, dass es so ist.«

Serena schwieg. Auch die anderen sagten nichts und ein fast atemloses Schweigen begann sich über dem Platz auszubreiten, der noch vor kurzem vom Lärm der Schlacht und den Schreien der Verletzten und Sterbenden widergehallt hatte.

»Dieser Ort hier ist das Tor in ihre Welt«, fuhr Mike fort, nun leiser, aber noch immer mit erhobener Stimme, sodass seine Worte weithin hörbar waren. »Es ist kein Zufall, dass ihr alle hier seid. Das Wesen, das uns hierher gebracht hat – das euch alle hergebracht hat –, hat nach euch gesucht. Nach Menschen wie euch, in denen noch etwas vom Erbe der Atlanter schlummerte.«

Serena schwieg weiter. Der Ausdruck von Hass war aus ihrem Gesicht verschwunden.

»Sie alle sind in irgendeiner Form Nachkommen der alten Atlanter«, fuhr Mike fort. »Deshalb hat die Qualle die Schiffe angegriffen, auf denen sie waren, und sie hierher gebracht. Und deshalb hat sie auch die NAUTILUS angegriffen. Nicht vorher. Nicht in all den Monaten, in denen wir allein an Bord waren, und nicht in all den Jahren, in denen mein Vater auf ihr gefahren ist. Erst als *du* an Bord gekommen bist, hat sie sich auf unsere Spur geheftet. Du weißt, dass es so ist.«

»Und?«, sagte Serena trotzig. »Was ändert das?«

»Alles«, antwortete Mike. Er deutete auf Sarah. »Sieh sie dir an. Ihr ist nichts geschehen. Er hätte sie töten können, vollkommen mühelos. Aber er hat es nicht getan. Er hat sich nur genommen, was ihm gehört. Mehr will er nicht und mehr hat er nie gewollt.« Er hob die Stimme noch ein wenig mehr. »Gebt ihm zurück, was ihm gehört, und er wird euch in Frieden gehen lassen, das verspreche ich euch. Er will nicht eure Leben. Er will nur die magische Kraft, die in euch schlummert. Er braucht sie, denn ohne sie kann er nicht leben.«

Mike schwieg eine Sekunde, dann atmete er tief ein und fuhr, wieder leiser, aber jetzt direkt an Serena gewandt, fort: »Und dasselbe gilt für dich. Er wird dir nichts tun. Wenn es dein Tod wäre, den er wollte, hätte er dich längst vernichtet.«

Serena riss die Augen auf. »Du weißt ja nicht, was du da redest!«, keuchte sie. »Du verlangst tatsächlich von mir, dass ich ... dass ich dort hineingehe und mich diesem ... diesem *Ungeheuer* ausliefere? Dem Monster, das mein gesamtes Volk ausgelöscht hat?!«

»Aber das hat es nicht, Serena«, sagte Mike sanft. »Es waren die magischen Kräfte deiner Vorfahren, die ihnen am Ende zum Verhängnis wurden. Die Magie, die nicht die ihre war und mit der sie nicht richtig umzugehen verstanden.«

Serena schwieg. In ihrem Gesicht tobte ein Sturm einander widerstrebender Gefühle. Sie zitterte.

»Du weißt, dass ich die Wahrheit sage«, sagte Mike leise. »Du hast es die ganze Zeit über gewusst, nicht wahr? Bitte, Serena! Diese alte Feindschaft *muss* enden. Geh und gib ihm zurück, was ihm gehört, und all diese Menschen hier werden endlich in Frieden leben können. Du brauchst die Magie nicht. Keiner von uns braucht sie. Sie hat schon einmal zum Untergang eines Volkes geführt. Willst du wirklich, dass es wieder geschieht?«

Serena zitterte immer heftiger. »Nein«, flüsterte sie. »Aber ich ... ich kann nicht. Ich glaube dir nicht.«

Sie musste in Mikes Gedanken längst gelesen haben, dass er die Wahrheit sagte. Aber Mike verstand auch, warum sie sich noch immer gegen diese Erkenntnis zu wehren versuchte. Niemals zuvor konnte ihr eine Entscheidung so schwer gefallen sein wie diese. »Dann frag ihn.« Mike deutete auf Astaroth. »Er war dabei. Er wird dir bestätigen, dass ich die Wahrheit sage.«

Serena blickte den Kater lange an. Sie rührte sich nicht und auch Astaroth stand vollkommen reglos da, aber allen war klar, dass zwischen dem Mädchen und dem einäugigen Kater eine stumme Zwiesprache stattfand. Und schließlich drehte sich Serena wieder zu Mike herum und nickte.

»Also gut«, sagte sie. »Ich ... gehe. Aber ich habe furchtbare Angst.«

»Du brauchst keine Angst zu haben«, sagte Sarah. Sie hatte sich aus der Umarmung ihres Vaters gelöst und kam auf Serena zu. »Ich werde dich begleiten. Er hat mir nichts getan und er wird auch dir nichts tun. Ich weiß es.« Sie lächelte Serena aufmunternd zu und hielt ihr die ausgestreckte Hand entgegen und nach einer Sekunde des Zögerns griff Serena danach. Die beiden Mädchen drehten sich Hand in Hand herum und begannen auf die Alte Stadt zuzugehen.

Einer der Fischmenschen vertrat ihnen den Weg und streckte die Hand nach Serena aus.

Mikes Herz machte einen Sprung in seiner Brust und ein Gefühl eisigen Entsetzens breitete sich in ihm aus. *Hatte er sich getäuscht? Hatte Serena am Ende Recht gehabt und dies alles war nur eine Falle gewesen?*

Aber da löste sich die gewaltige Hand des Fischmenschen wieder von Serenas Schulter und das Mädchen trat mit einem hörbaren Seufzen zurück und ließ Sarahs Hand los.

»Was –?«, begann Mike.

»Geht«, sagte Serena. Sie atmete mühsam ein und wiederholte mit erhobener Stimme: »Geht in die Stadt. Alle. Gebt ihm zurück, was ihm gehört. Mike hat Recht. Er wird euch nichts zuleide tun.«

Aber niemand rührte sich. Hundert Augenpaare starrten Serena an und schließlich war es wieder Mike, der die entscheidende Frage stellte:

»Und du?«

Serena lächelte matt. »Ich komme nach«, sagte sie. »Ich habe hier noch etwas zu tun.« Sie deutete auf den Fischmenschen und sah Mike dabei fest an. »Er hat es mir gesagt. Keine Sorge. Wir ... wir haben seine Kräfte so lange missbraucht, dass es jetzt auf eine Stunde mehr oder weniger nicht mehr ankommt. Und vielleicht kann ich sie jetzt zum ersten Mal zum Guten einsetzen.«

Mike glaubte zu verstehen, was Serena meinte. Und nur einen Moment später wandte sie sich um, kniete neben einem der Verletzten nieder und legte ihm die Hand auf die Stirn. Wieder glühten ihre Finger in einem unwirklichen, blauen Licht, aber diesmal war es keine Zerstörung, die sie heraufbeschwor.

Während das Volk, angeführt von Sarah und ihrem Vater Malcolm, die Stadt betrat und sich auf den Weg zu der schwarzen Pyramide im Zentrum machte, schritt Serena langsam über das Schlachtfeld und nutzte die geliehene Magie einer fremden Welt zum allerletzten Mal. Sie kniete neben jeder reglosen Gestalt nieder, berührte Männer, Frauen, Kinder, aber auch die gefallenen Fischmenschen, und der Strom von Magie, der aus ihren Händen floss, heilte Wunden, löschte den Schmerz und besiegte selbst den Tod.

Und schließlich, nachdem alle Verletzten aufgestanden waren, nachdem alle Wunden aufgehört hatten zu bluten und nachdem die unglaubliche Macht jener fremden, uralten Welt selbst die Toten wieder ins Leben zurückgeholt hatte, wandte sich die letzte Prinzessin von Atlantis um und betrat ebenfalls die Alte Stadt.

Es vergingen noch zwei Wochen, bis die Reparaturen an der NAUTILUS so weit beendet waren, dass sie die Stadt auf dem Meeresgrund ungefährdet wieder verlassen konnten. Zwei Wochen, in denen unglaublich viel geschehen war – Mike kamen sie im Rückblick vor wie zwei Jahre. Nicht nur Serena hatte sich in diesen beiden Wochen verändert. Auch das Leben des Volkes war nicht mehr, was es bisher gewesen war. Und würde es nie mehr sein.

Mikes Blick suchte die Silhouette der Alten Stadt auf der anderen Seite der Bucht. Sie sah noch immer sonderbar aus, aber der Atem des Fremden und vermeintlich Feindseligen, der bisher davon ausgegangen war, war erloschen. Der Schacht im Herzen der schwarzen Pyramide hatte sich geschlossen, im gleichen Moment, in dem Serena als Letzte dem *Alten* gegenübergetreten war, um ihm zurückzugeben, was ihre Vorfahren ihm vor so langer Zeit gestohlen hatten, und mit ihm und dem *Alten* selbst waren auch die Fischmenschen verschwunden.

Die Stadt aber war geblieben. Mike war am Morgen dieses Tages – des Tages ihrer Abreise – noch einmal dort gewesen und er staunte noch jetzt über die Veränderung, die mit der Stadt vor sich gegangen war. Die Gebäude wirkten noch immer bizarr und vieles würde auf ewig unverständlich und auch erschreckend bleiben, aber nun war es ein Ort, an dem Menschen leben konnten. Denholm und seine Familie waren die Ersten gewesen, die ihr Haus verlassen hatten und dorthin gezogen waren, und mittlerweile war ihnen fast das gesamte Volk gefolgt. Der kleine Ort inmitten des Korallenwaldes war verwaist und schon bald würde die Natur das verlorene Terrain zurückerobert haben.

Jemand räusperte sich hinter Mike, und als er sich herumdrehte, begegnete er Trautmans Blick. Der weißhaarige Steuermann der NAUTILUS wirkte ein bisschen verlegen, aber in seinen Augen stand jetzt wieder das gewohnte warme Lächeln.

»Es ist so weit«, sagte er. »Wir können losfahren.«

Mike nickte. Er wäre gerne noch geblieben, noch ein paar Tage, aber es gab etwas zu tun, was wichtiger war. Sie waren nicht mehr nur zu acht an Bord der NAUTILUS. Im Inneren des Schiffes hielten sich jetzt gut siebzig Männer, Frauen und Kinder auf, Mitglieder des Volkes, die beschlossen hatten, die Stadt auf dem Meeresgrund zu verlassen und in die Welt unter der Sonne zurückzukehren, aus der ihre Vorfahren stammten. Mike war erstaunt gewesen, dass es nicht mehr waren – er hatte ganz automatisch angenommen, dass *alle* Menschen ihnen hinauf auf die Erdoberfläche folgen würden, aber der weitaus größte Teil des Volkes wollte hier bleiben, in einer Welt, die viel kleiner, auch einfacher und ärmer war als die, aus der Mike und die anderen stammten, die aber trotzdem ihre Heimat war. So hatte sich schließlich nicht einmal ein Viertel von ihnen an Bord der NAUTILUS eingefunden.

Sarah und ihre Familie waren nicht unter ihnen. Das Mädchen stand Arm in Arm mit André neben Mike auf dem Deck der NAUTILUS, aber sie waren nur gekommen, um sich zu verabschieden, nicht, um sie zu begleiten.

Mike lächelte ihr zu, ehe er sich an André wandte. Der junge Franzose erwiderte sein Lächeln, aber seine Augen schimmerten feucht. Mike war der Letzte, von dem er sich noch nicht verabschiedet hatte, und es war ihm anzusehen, wie schwer ihm dies fallen würde.

»Du bist wirklich sicher, dass du hier bleiben willst?«, fragte Mike. »Es kann lange dauern, bis wir zurückkommen. Vielleicht Jahre.«

»Und vielleicht nie, ich weiß«, sagte André. »Trotzdem, mein Entschluss steht fest.« Er schloss seinen Arm fester um Sarahs Schulter. »Ich bleibe hier. Vielleicht verschlägt es euch ja doch noch einmal hierher.«

»Bestimmt«, sagte Mike, obwohl er nicht sicher war, dass er dieses Versprechen wirklich halten konnte. Sie hatten sich fest vorgenommen, wiederzukommen, aber wer wusste schon, was die Zukunft brachte? Und wenn die NAUTILUS erst einmal abgefahren war, dann war André hier unten ebenso gefangen wie alle anderen.

Aber er sprach nichts davon aus. Der Anblick des Jungen und des blonden Mädchens, die eng aneinander geschmiegt vor ihm standen, machte es ihm unmöglich. Vielleicht hätte er André tatsächlich überreden können, sie zu begleiten, aber er hatte nicht das Recht, sich in sein Leben zu mischen. André hatte sein Glück gefunden.

Plötzlich spürte er einen dicken Kloß im Hals. Seine Augen begannen zu brennen. »Ich hasse große Abschiedsszenen«, sagte er mühsam. »Also dann – macht es gut, ihr zwei.«

Und damit fuhr er herum und rannte so schnell zur Einstiegsluke des Schiffes zurück, dass André nicht einmal Zeit blieb, seine Worte zu erwidern. Mike vermied es, ihn und das Mädchen noch einmal anzusehen, sondern schloss den stählernen Deckel über sich, so rasch er nur konnte, und kletterte hastig die Leiter hinunter.

Trautman erwartete ihn bereits. Neben ihm standen Serena und ein dunkelhaariger Mann, den er in den letzten Tagen darin unterwiesen hatte, das Steuer der NAUTILUS zu bedienen, und zwischen den beiden hockte Astaroth.

»Sind sie fort?«, fragte Trautman.

Mike nickte wortlos. Über ihnen polterten die Schritte Andrés und Sarahs, als sie das Deck der NAUTILUS überquerten um zu dem Boot zu gelangen, das an seiner Seite festgemacht hatte. Mike hatte bis jetzt geglaubt, sich in der Gewalt zu haben, aber es war ihm deutlich anzusehen, was er fühlte, denn Trautman streckte plötzlich den Arm aus und legte ihm mit einer väterlichen Geste die Hand auf die Schulter.

»Es tut weh, einen Freund zu verlieren«, sagte er. »Aber André weiß, was er tut. Er hört auf die Stimme seines Herzens und das ist niemals falsch.«

»Ich weiß«, murmelte Mike. Nun liefen ihm wirklich die Tränen über das Gesicht, aber er kämpfte nicht dagegen an, und seltsam: Er schämte sich ihrer nicht einmal, obwohl Trautman, der Fremde und Serena dabei waren. Vielleicht weil er in den

Augen des Mädchens dasselbe warme Lächeln entdeckte, das er auch in Andrés und Sarahs Blicken gelesen hatte. Serena hatte sich wirklich verändert. Sie litt sicherlich schwer unter dem Verlust, den sie hatte hinnehmen müssen, denn sie war von einer Sekunde auf die andere von einer Prinzessin zu einem ganz normalen Mädchen, von einer Magierin zu einem ganz normalen Menschen geworden. Mike hatte es niemandem gesagt, aber im Stillen bewunderte er die Stärke, mit der Serena diese Verwandlung verkraftet hatte.

»Immerhin sind wir noch genauso viele wie vorher«, sagte er mit einem erzwungenen Lächeln in Serenas Richtung. »Es bleibt doch dabei – du gehst nicht mit ihnen, sondern bleibst bei uns?«

»Aber natürlich.« Serena lächelte. »Das hier ist immer noch mein Schiff, hast du das vergessen?«

Trautman räusperte sich. »Also darüber sollten wir noch reden«, sagte er. »Aber ich bin sicher, wir finden eine Lösung. Sobald wir einen Ort gefunden haben, an dem unsere Passagiere sicher an Land gehen können, besprechen wir das weitere Schicksal der NAUTILUS.« Er wandte sich an den Mann am Steuerruder. »Fertig?«

Der Dunkelhaarige nickte und deutete durch eines der beiden großen Fenster nach draußen. Das Boot, mit dem André und Sarah gekommen waren, hatte abgelegt und begann sich rasch von der NAUTILUS zu entfernen.

»Also dann«, sagte Trautman. »Tauchen.«

Tief im Rumpf der NAUTILUS begannen die Pumpen zu arbeiten, die die Tauchkammern des Schiffes mit Wasser füllten, und vor den Fenstern stieg der Wasserspiegel allmählich an, bis die Welt draußen wieder den gewohnten, dunkelgrünen Farbton angenommen hatte.

Das Schiff zitterte sacht, als die Maschinen anliefen und die NAUTILUS Fahrt aufnahm.

Mike wollte sich gerade umwenden, um zur Treppe und seiner Kabine hinunterzugehen, als er ein leises Miauen hinter sich hörte. Überrascht blieb er stehen und senkte den Blick. Astaroth saß noch immer zwischen Serena und Trautman, aber er hatte sich erschrocken aufgerichtet und die Ohren gespitzt. Von ihm war das Miauen ganz eindeutig *nicht* gekommen.

»Ach ja«, sagte Serena mit einem leichten Lächeln. »Nachdem alles so gut ausgegangen ist, habe ich mir gedacht, dass du auch eine Belohnung verdienst, mein lieber kleiner Wächter. Schließlich warst du nicht ganz unschuldig an allem, nicht wahr?«

Astaroth sprang mit einem Satz auf die Pfoten und sah sich wild um, und in diesem Moment erklang das Miauen erneut, und dann löste sich ein kleiner, schwarzweißer Umriss aus den Schatten und trat auf Astaroth zu.

Mike wusste zwar, dass es ganz und gar unmöglich war – aber er hätte in diesem Moment seine rechte Hand darauf verwettet, dass der Kater blass wurde.

»Wir haben in letzter Minute noch einen zusätzlichen Passagier an Bord genommen«, fuhr Serena in spöttischem Ton fort. »Besser gesagt, eine *Passagierin*. Ich bin sicher, du freust dich genau wie wir alle, Astaroth.«

Bei Poseidon!, kreischte Astaroths Stimme in Mikes Kopf. *Die Bekloppte!*

Und damit schoss er davon, dicht gefolgt von der kleinen, schwarzweißen Katze, die ein klägliches Miauen hören ließ, ihm aber an Geschwindigkeit kaum nachstand.

Trautman lachte so laut und herzhaft, dass ihm die Tränen über das Gesicht liefen, und nach einem Moment der Verblüffung fielen auch Mike und schließlich Serena in dieses Lachen ein. Ein wenig, dachte Mike, war Serena wohl doch noch die Alte.

Aber nur ein wenig.

»Der gläserne Kasten war ein Sarg ...«

LESEPROBE AUS:
DAS MÄDCHEN VON ATLANTIS
VON WOLFGANG HOHLBEIN

Mike trat mit klopfendem Herzen durch die Tür auf der rechten Seite. Der Raum, in den er gelangte, war im ersten Moment eine Enttäuschung. Die Kammer war fast vollkommen leer – bis auf einen länglichen, völlig aus Glas bestehenden Behälter, der auf einem schwarzen Podest ruhte. Kein Schatten. Keine Gespenster und keine Ungeheuer mit Krakenarmen, die seit fünftausend Jahren darauf warteten, dass ihr Frühstück zur Tür hereinspaziert kam.

Mutiger geworden, trat Mike vollends in den Raum hinein und warf einen Blick auf den Glasbehälter.

Mike schluckte. Eine Sekunde lang stand er einfach da, vollkommen starr vor Überraschung und Unglauben, dann fragte er sich, ob er das wirklich sah oder nicht vielmehr noch immer bewusstlos im Salon der NAUTILUS lag und einen Albtraum hatte. Hätte er nicht die dicken Handschuhe getragen, dann hätte er sich wahrscheinlich gekniffen um sich zu überzeugen, dass er sich auch wirklich in wachem Zustand befand.

Aber was er sah, war wahr: In dem Kasten lag regungslos – ein Mädchen.

Mike blinzelte.

Das Bild blieb. Vor ihm befand sich ein fast zwei Meter langer, gläserner Sarg auf einem schwarzen Basaltblock, in dem eine schlanke, blondhaarige Mädchengestalt lag.

Langsam, mit klopfendem Herzen und weichen Knien ging Mike weiter und blieb einen Schritt vor dem Sarg stehen. Er sah noch immer ein bewegungslos daliegendes Mädchen von dreizehn oder vierzehn Jahren, in einem schlichten, weißen Gewand, mit gelocktem, blondem Haar und einem bleichen Gesicht. Und offensichtlich war sie tot. Sie atmete nicht. Was hatte er erwartet? Wahrscheinlich war seit hunderten, vermutlich sogar tausenden von Jahren niemand mehr in dieser Kuppel gewesen. Sein erster Eindruck hatte ihn nicht getrogen: Der gläserne Kasten war ein Sarg, in dem –

Mike begriff erst mit einiger Verspätung, *wen* er da überhaupt vor sich hatte, und diese Einsicht traf ihn mit voller Wucht.

Wenn diese Kuppel von den Bewohnern des untergegangenen Reiches gebaut worden war, dann stand er einem *Mädchen aus Atlantis* gegenüber, das hier zur letzten Ruhe gebettet worden war!

Der Gedanke erfüllte Mike mit einer tiefen Trauer. Er trat dichter an den Sarg heran und betrachtete das Gesicht des Mädchens genauer. Ja, sie war eine Schönheit gewesen, als sie noch gelebt hatte. Ihr Gesicht schien aus feinstem weißem Porzellan modelliert zu sein und das Haar, das ihren Kopf und die Schultern wie ein goldener Schleier umgab, musste ihr etwas Engelsgleiches verliehen haben. Ihre Züge waren fremdartig, aber trotzdem weich und edel.

Plötzlich hatte Mike das sichere Gefühl, dass er nicht mehr allein war und wandte sich um. Aber es waren nicht Trautman oder der Sikh, die unbemerkt hinter ihm die Kammer betreten hatten ...

Mike wich mit einem hellen Schrei zurück, hob entsetzt die Arme vor das Gesicht – und war die nächsten Sekunden vollauf damit beschäftigt, sich unbeschreiblich blöd vorzukommen.

Hinter ihm stand kein Ungeheuer. Kein Monster, das gekommen war, um seine tote Herrin zu beschützen und den Eindringling anzugreifen. Nein, was Mike schier zu Tode erschreckt hatte, war nichts anderes als eine ganz normale, langhaarige schwarze Katze.

Mike lachte befreit, nannte sich in Gedanken einen Narren und ließ sich automatisch in die Hocke sinken und streckte die Hand aus, um die Katze zu streicheln, die –

Katze?

Hier?

Zweihundert Meter unter dem Meeresspiegel? In einer hermetisch verschlossenen Kuppel, die mindestens fünftausend Jahre alt war??!

Mikes Unterkiefer klappte vor Verblüffung herab. Er starrte das Tier an, das nur noch ein Auge hatte und zutraulich war, denn als Mike keine Anstalten machte, seine Bewegung zu Ende zu führen, kam es herangetrippelt, stellte grüßend den Schwanz auf und rieb sich schnurrend an seiner Handfläche.

Mike zog fast erschrocken die Hand zurück. Wo um alles in der Welt kam diese Katze her? Sein Herz klopfte. Irgendetwas stimmte hier nicht ...

UEBERREUTER